# 未亡人　悪夢の遺言書



マドンナメイト

# 未亡人　悪夢の遺言書

# 第一章　腹上死と遺言

## 1

重蔵《しげぞう》の胸板を、なめらかな舌が這いまわり、ほっそりとした指が小豆色の乳首をつまんで、捏《こ》ねる。

かるくウエーブした長い髪が胸に触れて、ぞわぞわしたくすぐったさが、さらに心地よさを増す。

こういうのを、桃源郷と言うのだろう。

桃源郷といえば、天国。自分ももう天国というあの世に半分、足を突っ込んでいるのかもしれない。

昨年、自分が一代で大きくした建築会社をある大手に数億円で売るまでは、元気だった。だが、会社を売って、社長の座を引退してから、急に衰えを感じるようになった。

もう七十五歳なのだから、老いるのは自然の原理である。

しかし、会社を経営している間は、社員に対する責任感もあり、老いることは許されなかった。だが、会社を売った途端に、一挙に老いが襲ってきた。

自分に残されたのは、数億円の現金とこの土地と家屋。そして、今、重蔵を丹念に愛撫してくれている美千代《みちよ》だけだった。

美千代は現在三十二歳で、四年前に後妻として娶《めと》った。

当時、美千代は会社で重蔵の秘書をやっていた。

才色兼備の美千代は男なら誰でもが放っておけなくなる桁違いの存在で、社長秘書で社長のお気に入りと知っていながら、手を出そうとする者が後を絶たなかった。

だが、そいつらは全部クビにした。

そもそも美千代を社長秘書にしたのも、美千代に気があったからだ。どうにかしてこの素晴らしい女を自分のものにしたい——。

しかし、美千代はなかなかなびいてくれなかった。

ちょうど七十歳を迎えた頃、重蔵は心臓発作で倒れた。その看病で美千代は朝から晩まで付き添ってくれた。そして、不思議なことに、それまでは警戒心を抱いて近づいてくれなかったのに、急にそれを解いて、胸襟を開いてくれた。訊くと、美千代は昔から、年上の病人には、やさしく接していたらしい。そういう弱いものの助けになりたいという気持ちが強くあったらしいのだ。

そして、ある夜、重蔵は美千代を前に奇跡的に勃起して、その夜、美千代と結ばれた。

その後も、美千代を何とか抱いた。美千代を前にすると、愚息が元気になるときがあるのだ。

重蔵は美千代を秘書ではなく、自分の妻にしたくなった。

何度もプロポーズしては断られていたが、根負けしたのか、何度目かのプロポーズを美千代は受け入れてくれた。

『遺産狙いだから』という周囲の反対を押し切って再婚し、豪邸で美千代と暮らすようになった。

そして、ビジネスパーソンとしての衰えを感じていた重蔵は、昨年、会社を売却してそれなりの金を手に入れた。

それらの金銭は美千代にすべて遺産相続させるつもりだった。

だが、半年前に、美千代は不倫をした。

相手は沢崎洋一《さわさきよういち》という偶然に再会した、高校時代の同級生だった。そのときに、連絡先を交換したらしく、頻繁にメールが届くようになり、電話もあり、それをおかしいと感じた重蔵は、隙を見て、美千代のスマホをチェックするようになった。

スマホの暗証番号は自分の生年月日をひとつ変えたものであり、簡単にわかった。

そして、重蔵が家を留守にした夜に、二人はホテルで逢引きをした。

それがわかったのは、前にスマホを見て逢引きを知っていた重蔵が、興信所に美千代の行動を見張らせたからだ。

まさか自分が後をつけられているとはつゆとも思っていない美千代は、その夜、新宿の高層ホテルで沢崎と密会して、一夜をホテルの部屋で過ごした。

待ち合わせた二人が、同じエレベーターに乗って、部屋に入るところがきっちりと撮られていた。

それを知った重蔵は、その証拠写真を突きつけて、美千代を糾弾した。

するとと、美千代は泣いて謝り、

『すみません。彼は高校生のときのわたしの初恋の人だったので、何度も誘われているうちに、つい……申し訳ありませんでした。もう彼とは一切逢いません。連絡もいたしません。許してください。お許しください……』

美千代がそう泣いてすがってきたので、そのときは可哀相になって、許してやった。それに、当時からすでに重蔵のイチモツは勃《た》たなくなっており、熟れた肉体を抱えた美千代が、我慢できずに、その寂しさのあまり、つい……という状況は理解できた。

美千代は完全に沢崎とは切れて、実際にもそれ以降は、沢崎とは一切連絡は取っていないようだった。

また、一時の気の迷いからきた過ちを恥じたのか、いっそう重蔵に尽くしてくれた。重蔵も表面的には美千代の一度だけの過ちを許していた。

しかし、それは見せかけで、本心では許していなかった。それゆえに、あのような遺言状を作って、遺言執行人の弁護士に預けてあるのだ。

重蔵があの世に行ったあとで、その遺言を見た美千代の呆気に取られた顔が目に浮かぶようだ。

だが、それはすぐには来ないだろう。

重蔵は確かに一時よりは元気がなくなったが、心臓の持病があるくらいで、他は、たとえば人間ドックで調べた数値も極めて良好だったからだ。

今も、美千代の愛撫を受けていても、きっちりと感じるし、心臓のバクつきもない。

ただ、このところ、残念ながら分身は思うにまかせず、美千代と一体化することはできていなかった。しかし、今夜はやけに体調が良くて、下腹部にも力が漲《みなぎ》るような気配がある。

美千代のキスが重蔵の腋の下へとまわり込んできた。

腕をあげられて、あらわになった腋毛の生えた腋にちゅっ、ちゅっとキスされ、さらには、ツーと腋の下から二の腕にかけて舐めあげられると、ぞわぞわっとした快感がひろがってきた。

「おおぅ、美千代、気持ちいいぞ。二の腕が意外にぞくぞくする」

言うと、美千代は赤く長い舌をいっぱいに出して、二の腕から肘へとなぞりあげてきた。

何度もそれを繰り返してから、腋の下へと舐めおろした。

さらには、腋から脇腹へと舌を這わせる。ぬめっとした肉片が敏感な箇所を走って、くすぐったさが快感に変わった。

美千代はいったん顔をあげると、枝垂《しだ》れ落ちた黒く長い髪をかきあげて、じっと重蔵を見る。

(ああ、この目だ。この慈愛に満ちてはいるが、どこか陰があって、エロチックな目が俺を狂わせる……!)

美千代はキスを臍から下半身へと移していった。

ちゅっ、ちゅっとついばむようにしてから、陰毛を舐めてくる。そうしながら、硬くなりかけているイチモツを慎重に触った。

その触れるかどうかの微妙なタッチが心地よくて、分身が明らかにギンとしてきた。

すると、それを待っていたとでも言うように、美千代は頬張ってきた。

根元まですべてを口に含み、なかで舌をからめてくる。

美千代の舌は長くて、よく動く。

同じフェラチオをするときにも、舌をからませると、ぐっと快感が高まるのだ。

恥ずかしながら、それを七十歳過ぎてからようやく理解した。

ねろ、ねろ、ねろりと舌が裏筋を刺激してきて、分身に一段と力が漲ってきた。

それがわかったのか、美千代はゆっくりと顔を振りはじめた。

ふっくらと柔らかな唇が勃起の表面を行き来して、ぐんと快感が高まる。

いったん勃ちはじめると、硬くなってきて、そこを摩擦されれば、自然にまた気持ち良くなって、大きくなる。だが、調子が悪いときは硬くなる気配がないから、いつまで経っても小さなままだ。

今日はなぜか調子がいい。

「重蔵さんのおチ×チン……うれしいわ」

美千代はいったん吐き出して見あげ、にこっとした。

「ああ、美千代がきれいだからだよ。赤いレースのスリップがエロいよ」

「ありがとうございます。重蔵さんに買っていただいたものだから……スケスケで恥ずかしいわ」

美千代がはにかんだ。

赤い総レースのベビードールは、乳首や繊毛の翳《かげ》りが透けて見えて、とにかくエロい。

美千代は肌が抜けるように白く、全体はスレンダーなのに、乳房はEカップで、尻も肉感的に発達している。

初めて美千代を裸に剥いたときには、想像をはるかに超えたセクシーボディに圧倒されて、ぽかんとしてしまった。

しかも、それは見てくれだけではなく、感度も抜群で、イクということを知っている肉体だった。そればかりではなく、美千代は男に尽くすのが好きだった。

とくにフェラチオはこちらがもういいと言うまで、一生懸命にしゃぶりつづけてくれる。

それは今も変わらず、たとえ大きくならないものでも、言えばいつまでもしゃぶってくれる。

足の間にしゃがんだ美千代は、肉柱に唇をかぶせて、ずりゅっ、ずりゅっと大きくストロークした。そうしながら、睾丸袋を下から持ちあげるようにして、やわやわと揉んでくれている。

それに応えて、自分のイチモツが勃起しかかっている。

（今夜は本当にできるんじゃないか……！）

そのためには、クンニが必要だ。なぜかわからないが、重蔵はクンニが好きで、女性の恥部を舐めていると、分身がギンとしてくるのだ。

「悪いな、美千代。シックスナインをしたいんだ。こちらに尻を向けてくれないか？」

言うと、美千代は上体をあげて、うなずき、静かに向きを変えて、またがってきた。

## 2

赤いレースのスリップを完全にまくりあげると、充実したヒップがあらわになった。女の悦びを知っているケツだった。

ぷりっとした尻たぶの谷間には、茶褐色のアヌスの窄まりがひっそりと息づいていて、その下では女の局部が楚々とした花を咲かせていた。

そこはきれいな形をしており、色も着色が少なく、一見して、清楚な風合いを示している。だが、よく見ると、左右の肉びらはふっくらして豊かで、左右対称の蝶のような形をしており、中心には濃いピンクの粘膜が泡立った蜜を滲ませていた。

ここの具合の良さを身をもって体験しているがゆえに、下腹部にも力が漲った。

クンニをする前に、美千代が頬張ってきた。

重蔵の肉棹に唇をかぶせて、積極的にストロークする。

ジュルル、ジュルルル……。

わざと卑猥な唾音を立てて、亀頭部を啜りあげ、いったん吐き出した。

そこで、茎胴を握って、きゅ、きゅっとしごきあげ、腰をくなり、くなりと誘った。

「舐めてほしいんだな？」

「……はい」

「本当にお前は好き者だからな。いつもカチカチンのチ×ポでぶっすり突き刺してほしくてたまらないんだろ？　そうだよな？」

「いえ……わたしは重蔵さんのものであれば……」

「俺のチ×ポならたとえフニャチンでもいいか？　それはウソだろ？」

目の前で息づく花園にゆっくりと舌を走らせた。

ぬらつく狭間を舐めあげていくと、ぬるっとした感触とともに、舌がすべっていき、

「ぁあああうぅぅ……」

美千代は艶かしい喘ぎを洩らして、くなっと腰をよじった。

重蔵はそのまま何度も狭間に舌を往復させる。

すると、美千代は「ぁああ、あああ、いいのぉ」と喘いでいたが、やがて、その快感をぶつけるように肉棹を頬張ってきた。

「おおぅ、美千代、気持ちいいぞ。今夜は調子がいいみたいだ。そうら、こんなにぬるぬるにして……クリももうビンビンだぞ」

重蔵は下に飛び出しているクリトリスを頬張って、チューッと吸い込む。

「んんんっ……んんんんっ」

美千代は肉棹を咥えたまま、歓喜の声を洩らした。

笹舟型の下のほうの突起の包皮を剝き、じかに肉真珠を舌でレロレロッと撥《は》ねる。

つづけざまに上下左右に舌でうがつと、美千代は湧きあがる快感をぶつけるようにして、イチモツを唇でしごきたててくる。

「おおぅ、たまらん……これでどうだ？」

重蔵は右手の指をつかう。

本当なら、このまま騎乗位で挿入してほしかった。だが、残念ながら、分身は膣を押し割っていけるほど硬くなっていなかった。

美千代の尻を少し押して、挿入しやすいようにして、中指を膣口に押し当てた。ひくひくっとうごめく膣を感じながら、差し込んでいくと、中指が膣口を割っていき、

「ぁああうぅぅぅ……！」

美千代は肉竿を吐き出して、上体を反らした。

重蔵の中指は第二関節まで粘膜のなかにすべり込み、その指をとろとろに蕩けた肉路がうごめきながら締めつけてくる。

「すごいな。待ち遠しかったか？　うん、ここに入れてほしくて、寂しくてしょうがなかったんだろ？」

「……はい。寂しかったわ」

「お前は本当に好き者だな。だから、沢崎にも許してしまった。そうだな？」

「ゴメンなさい。謝ります。本当に申し訳ありませんでした。ですから、あのこ

とは、もう言わないでください」

美千代が哀訴してくる。

「俺だって、許してやりたいよ。だがな、信じていた者に一度裏切られると、それ以降はもう全面的には信じることができなくなるんだよ。お前はそれだけのことをした。取り返しのつかないことをした。わかったか?」

「はい……申し訳ありませんでした」

「口では何とでも言える……お前はここが淫乱だからな。淫乱オマ×コは一生治らないんだよ」

重蔵は中指に人差し指に加えて、二本の指で膣肉を犯した。

一本より、二本のほうが感じるのだろう、

「ぁああ、もう、やめてください……やめて……」

美千代はいやいやをするように首を左右に振った。

だが、指には内部のねっとりした粘膜と奥のほうのぐりっとした部分を感じる。

抜き差しすると、白濁した淫蜜がすくいだされて、会陰に向かってしたたる。

それを繰り返しながら、指腹でGスポットを擦っていくうちに、美千代の様子が変わった。切なそうに尻をくねくねさせて、

「ぁああ、あああああ、許して……もう、許して……はうぅぅ」

美千代はもう我慢できないとでもいうように尻を前後に揺すった。

「おら、握ってしごきなさい。早く！」

「はい……！」

美千代は身体が前に出ているから、シックスナインの体勢にはなるが、肉竿を咥えることはできない。だが、握ってしごくことはできる。

美千代は唾液で濡らしたイチモツを握り、しごきながら、双臀の底を指で抜き差しされて、

「ああ、あうぅぅ……」

艶《なま》かしい声をあげる。

ふと意地悪をしたくなって、重蔵は指の出し入れをやめる。

すると、やめないでとばかりに、美千代は自分から腰を振りはじめた。肉棹をぎゅっと握りながら、腰を前後に動かして、重蔵の指に膣を擦りつける。

「ふふっ、淫乱だな、お前は。普段は淑やかな顔をしているのに、いざとなると、性欲を剝き出しにして、本性を現す。俺がぽっくり逝《い》ったら、俺の遺産を食いつぶしながら、誰かやってくれる男をさがすんだろうな。俺が逝ったら、時期を見

て再婚するんだろう？　その男ともう約束を交わしていたりしてな」

言うと、美千代の動きがぴたりとやんだ。

「違います！　へんなことは言わないでください。わたし、そのときはこの家を守って、ひとりで生きていきます。本当です」

「まあ、俺が死んでしまったら、何とでもできる。それをさせないために俺もいろいろと手は……」

「えっ……？」

「いや、何でもない。もう一度しゃぶってくれ。今夜はできそうな気がする。大きくなったら、乗ってきてくれ」

「はい……」

美千代がふたたびイチモツを頬張ってきた。

丁寧に舐めてから、ぱっくりとおさめて、

「んっ、んっ、んっ……」

と、大きく激しく顔を打ち振り、ジュルルと唾音を立てて啜る。

さらには、根元を握りしごき、それと同じリズムで唇を亀頭冠にからませる。

「おおゥ、最高だ。お前のフェラは最高だ……たまらん」

分身に力が漲るのを感じた。それはもう何カ月ぶりかに味わう充溢《じゅういつ》感だった。

「ぁああ、これが欲しい」

美千代はちゅるっと吐き出して言い、肉竿を握りしごきながら、身体の向きを変えた。

こちらを向き、蹲踞《そんきょ》の姿勢で下腹部をまたいだ。

どうにかしてそそりたっているものを、恥肉の入口に押し当てる。それから、ゆっくりと慎重に沈み込んでくる。

（おおぅ、やったぞ……！）

重蔵は歓喜した。だが、実際には窮屈な入口に阻まれて、イチモツが弾かれた。

「ゴメンなさい……」

美千代は今度は自分の指で膣口をひろげて、下を向きながら、かろうじて柱状になっているものを導いた。ゆっくりと亀頭部を沼地に擦りつけ、腰を落とし込んでくる。

（ああ、ダメだ……！）

今度は弾かれるのがはっきりとわかった。

「ゴメンなさい……」

美千代がふたたび頬張ろうとする。重蔵は自分の分身が明らかに勢いを失っていくのを感じた。ここはしゃぶられただけではダメだろう。

3

「美千代さん、悪いがあれを取り出して、あれをやってくれないか?」

「張り型ですか?」

「ああ、そうだ。あれを見ていたら、できそうな気がする」

美千代はベッドを降りて、クローゼットの引き出しから袋に入っているものと、透明なアクリル板を持って、ベッドにあがった。

「貸してくれ」

重蔵は袋からペニスの形をしたディルドーを取り出す。肌色をした人工ペニスは長さ二十センチ、太さが四センチほどもある大型ディルドーで、重蔵が美千代のために購入したものだ。

実際の勃起したペニスをリアルにかたどったもので、亀頭冠や亀頭部、浮き出た血管や、本体の反り具合までリアルに再現してある。

ただ実際のものと違うのは、それが普通の日本人男性では考えられないようなサイズであることだ。

さらに、シリコンでできた人工ペニスには、根元に吸盤がついていて、それを平らなところに押しつければ、吸いついて固定される。

重蔵は一メートルほどの正方形のアクリルボードをベッドに置き、埃を払って、そこにディルドーをパンと打ち据えて、そのまま空気を抜いて、押しつける。

放すと、肌色のビッグサイズのディルドーが透明なアクリルボードからそそりたっていた。

「このままでは痛いだろうからな」

重蔵はチューブからローションを取り出して、それをディルドーに塗り込めた。

これで直径四センチのウタマロでも、すべりがよくなって、美千代は受け入れることができるだろう。実際、今までに何度もやらせてみた。

「よし、いいぞ。またがって、入れなさい。これは張り型じゃない。俺のチ×ポだ。そう思ったら、愛情が湧いてきて、気持ち良くなるだろ？」

「はい……これを重蔵さんのおチ×チンだと思ってします」

かわいいことを言って、美千代はボートに乗った。

蹲踞の姿勢で、中心にいきりたつディルドーを置き、ちらりと重蔵を見た。

重蔵はベッドに胡座《あぐら》をかいて、胯間のものを握りしめている。

重蔵の視線を感じたのだろう、美千代は恥ずかしそうに目を伏せた。それから、下を向いて、張り型の先端を濡れ溝に擦りつけた。

赤いシースルーのスリップを裸体につけているので、Fカップの巨乳が赤いレースを持ちあげ、二つの乳首が透けて見える。

足を開いているので、漆黒の細長い翳りもあらわになり、その下の女の媚肉に張り型を擦りつけては、

「ぁああ、ああうぅー……」

と、喘ぐ美千代。

それだけで、重蔵は昂奮する。

「欲しかっただろ？　そのデカマラであそこを埋めつくしてもらいたかっただろう……！」

ごくっと生唾を呑んでいた。

その直後、大型ディルドーが押し入っていくのが見えて、

「ぁあああぁぁ……！」

美千代は上体をまっすぐに立てて、のけぞった。

「大きすぎます……無理よ、無理……」

首を左右に振る。

「できるだろ。これまでもできたんだから……そうら、入れなさい。見ているからな。そのデカマラをお前が受け入れるところを見ているからな」

そう言って、重蔵は身を乗り出して、結合部分に顔を寄せる。その距離、五十センチというところか。

「ああ、そんなに近くで……いや、いや……」

「見せてくれ。奥まで入れろ」

「ぁああ、きつい……ぁああ、はうぅぅ、ぁあああああ！」

三分の一ほどしか入っていなかった大型ディルドーが、一気に姿を消して、ほぼ根元まで埋まってしまった。

「おお、すごいな……あんなウタマロをすっぽりと呑み込んだぞ。可哀相に……オマ×コがパンパンに張りつめているぞ。動けるか？　動けるなら、腰を振ってみなさい」

「はい、やってみます……」

美千代はおずおずと腰の上下動をさせた。

ものすごい光景だった。

美脚をM字に開いた美千代が、腰を上下に振るたびに、ジュブッ、ジュブッと淫蜜がしたたって、ディルドーの肌を妖しく光らせる。

長い肌色の柱が見え隠れする。その長さが尋常ではなくて、こんな長大なイチモツを受け入れているのかと思うと、ひどく昂奮してしまう。

「あんっ……あんっ……あんっ……」

美千代は両手を膝に添えてスクワットをしていたが、やがて、つらくなったのか、前に手を突いて、腰を上下に打ち振った。

さっきまではつらそうだったのに、きっとすべりがよくなったのだろう、激しく腰を打ち振っては、

「あんっ、あんっ、あんっ……」

気持ち良さそうに喘ぐ。

重蔵は結合部分に見入った。こんなに大きなイチモツが美千代の体内をうがっているのだと思うと、なぜかひどく昂奮した。

立ちあがって、半勃起状態のものを口許に差し出した。

「美千代、しゃぶってくれ。腰を振りながら、しゃぶるんだぞ」

「はい……」

美千代が頬張ってきた。

すぐに根元まで口におさめて、なかで舌をからめてくる。ねろりねろりと舌が裏側を擦ると、分身に力が漲ってくるのが感じられた。

「おおぅ、いいぞ。ギンギンになってきた……ほら、腰をつかえ。俺のチ×ポだと思って、腰をつかえ。いいぞ。しゃぶってくれ。そうだ……」

美千代は足のバネを使って、スクワットしながらディルドーを受け入れる。そうしながら、重蔵の勃起を頬張ってくる。

すると、重蔵のイチモツはさっきより明らかに硬く、ギンギンになった。

「んんっ……んんんんっ……ぁああ、ください。偽物じゃなくて、本物をください……!」

美千代が吐き出して、勃起をぎゅと握った。

「よし、できそうだ。上になってくれ」

重蔵はそう言って、ごろんと仰向けになった。

すると、美千代はディルドーを外して、向かい合う形ですぐにまたがってきた。

足をM字に開いて、いきりたつものを膣口に擦りつけた。

さっき長大なディルドーを受け入れたせいで、入口がひろがっていた。そこにいきりたちを押しつけて、ゆっくりと沈み込んでくる。

「ぁあああ……入ってきた！」

美千代が悦びの声をあげ、

「おおう……！」

重蔵も歓喜に噎《む》せんでいた。

(おおぅ、熱くてとろとろに蕩けた粘膜が、俺のを包み込んでくる。くうぅぅ、たまらん……締めつけが強い)

ひさしぶりに味わう、美千代の膣の感触に舞い上がった。

(これだ。これがあれば、他の何も要らない)

感慨にひたっていると、美千代が腰をつかいはじめた。

両膝をぺたんとついたまま、腰を前後に揺らせて、イチモツをしごいてくる。

「おおぅ、たまらんよ。揉みくちゃにされてる。俺のが、お前のオマ×コで揉み抜かれてるぞ。ぁああ、美千代、お前に逢えてよかった」

「ぁああ、重蔵さん……わたしも、わたしもあなたに逢えて、幸せです」

「足を開いて、もっと見せてくれ」

言うと、美千代は足をM字に開き、両手を後ろに突いた。そうやってのけぞるようにしながら、腰をつかう。

丸見えだった。

むっちりとした太腿がひろがっていて、その中心の細長い翳りの底に、自分のチ×ポがずぶずぶと嵌まり込んでいるのがよく見える。

(七十五歳の俺が、美千代のようにきれいな女のオマ×コにチ×ポを打ち込んでいる。これ以上の至福はない)

美千代は見せつけるように足を大きく開いて、腰を振った。

それから、上体を立てて、蹲距の姿勢になった。

今度は、さっきディルドーにしていたように腰を縦に打ち振る。スクワットでもするように上下動させるので、重蔵のイチモツも縦運動で揉み抜かれて、ぐっと快感が高まる。

「あんっ、あんっ、あんっ……ぁああ、気持ちいい。イクかもしれない……イッていいですか？」

美千代が髪を振り乱しながら、訊いてくる。

重蔵はもう女性の体内に射精することはできなくなっていた。自分でしごいて、たまに放出できるときがある。

だから、美千代が気を遣ってくれればいい。

「いいぞ、イッて……よし、俺も突きあげてやる」

重蔵は美千代が腰を振りおろすタイミングを見計らって、ぐいと腰を撥ねあげてやる。ぐいっと肉棹が突き刺さっていき、奥にぶつかって、

「ぁあ……！」

美千代が絶叫に近い声を放って、がくん、がくんと揺れた。

それから、自分で腰を前後に打ち振って、亀頭部で奥を捏ね、

「イク、イク、イキます……いやぁあああぁぁぁ……くっ！」

最後はのけぞって、震えながら、前に突っ伏してきた。

膣の収縮で、美千代が昇りつめていることがはっきりとわかった。

(俺は、この歳で美千代をイカせた。しかも、まだギンギンなままだ。よおし、もう一度、今度は射精しながら……！)

重蔵はがっくりとなった美千代を仰向けにして、膝をすくいあげた。いまだに勃起している分身を押し込むと、イッたせいでいっそう柔らかく弛緩した膣は重

蔵のイチモツを受け入れて、

「ぁああ、すごい……まだ硬い……」

美千代がうれしそうな顔をした。

「ああ、まだカチンカチンだ。言っただろ、今日は調子がいいって……よし、もう一回イカせてやる。今度は俺が上になって、美千代をガンガン突いてやるからな」

そう言って、重蔵は足を放して、覆いかぶさっていく。

結合しながらキスをする。

すると、美千代も昂っているのだろう、自分から舌をからめてくる。重蔵も舌を打ちつけながら、腰をつかった。

最愛の女にキスしながら、オマ×コも犯しているのだ。

夢のような瞬間だった。

キスをしながら、徐々に腰を激しく送り込むと、

「んんんっ……んんんっ……んんんんっ！」

美千代もくぐもった声を洩らしていたが、キスできなくなったのか、唇を離して、

「ぁああ、重蔵さん、気持ちいい……幸せよ。あなたとひとつになれて、最高に幸せです……ぁああ、そこ……そこ、いい……あんっ、あんっ、あんっ……！」

美千代は両手でシーツをつかんで、顔をのけぞらせる。

目の前で揺れている巨乳にじかに触れたくなって、スリップの肩紐を両方外して、ぐいと押しさげた。

すると、スリップがもろ肌脱ぎになって、たわわなオッパイがぶるんとこぼれでた。

いつ見ても、豊かな巨乳だが、今夜はとくに充実して見えた。

ミルクを溶かし込んだように色白の肌から青い血管が透けだしていて、乳首はいまだ神々しいほどのコーラルピンクだ。

Eカップの乳房は、美千代がスレンダーな肢体をしているがゆえに、いっそう目立つ。これ以上の官能美は他にない。

乳首にしゃぶりついて、舐めた。

舌で突起を転がすと、

「ぁああ、気持ちいい……ぁあうぅぅ」

美千代が艶かしい声を洩らす。同時に、膣もぎゅっ、ぎゅっと締まって、分身を食いしめてくる。

「そんなに気持ちいいか？」

「はい……また、またイキそう……」

「そうか……よし、イカせてやる。美千代をイカせてやる。そうら……」

重蔵は腕立て伏せの形になって、屹立を打ち込んだ。

はっきりと感じる。雄々しくいきりたっているものが、愛する女の体内を深々とえぐっているのを。

膣の温かさ、濡れ具合、柔らかく包み込みながらも、内へ内へと吸い込もうとするそのうごめき。

「あん、あんっ、あんっ……ぁあああ、イキそう。イキます……またイッちゃう……ください。重蔵さんの精子が欲しい。あなたの子供が欲しい！」

「よおし、くれてやる。俺の精子をくれてやる。そうら、イケよ」

重蔵は腕立て伏せの形で、つづけざまに腰を躍らせた。

「あん、あん、あんっ……イキます。イク……ちょうだい。ください！　やぁあああぁぁぁぁぁ！」

美千代が嬌声を張りあげた。

正直なところ、重蔵は限界を迎えていた。息が苦しい。心臓がドクドクと早鐘のように不自然に打っている。

だが、今なら、精子を愛する女のなかに注ぎ込める。

「行くぞ。美千代、出すぞ！」

「ください……イクぅぅぅ……！」

「おおぅ、美千代！　おおおぅ」

重蔵は吼えながら、放っていた。

頭がぐずぐずになったような強烈な絶頂感に全身が躍りあがり、同時に心臓に痛みが走った。

そして、重蔵はその心臓を悪魔に鷲づかみされるような激痛のなかで、意識を失った。

4

葬儀会館での夫・森塚《もりづか》重蔵の葬儀を終えて、美千代はひとり家に帰った。

お通夜と葬儀を終えても、いまだに重蔵が亡くなったことが現実だとは信じられない。

俗に言う腹上死だった。

あの夜、美千代とつながりながら、重蔵は射精した。その際、胸を押さえて苦しみだし、心臓麻痺を起こしていると判断して、救急車を呼んだ。

救急車が到着する間にも、心臓マッサージをおこなったりと、手は尽くしたつもりだ。

だが、救急隊が駆けつけてきたときには、すでに息がなかった。

その後も、懸命な措置をおこなってもらったが、その甲斐なく、心筋梗塞で重蔵はあの世に召された。

他に頼む身内がいないために、美千代は自分で喪主を務めた。

着物の喪服に身を包んで、涙をハンカチで拭う美千代を、会社の人や近所の人が微妙な顔をして眺めていた。

腹上死であることはもちろん公になってはいないが、彼らの多くが、

『よかったわね。これで、莫大な遺産が入ったじゃないの。予想より、早く逝ってよかったじゃないの』

そういう視線で、美千代を見ているような気がした。

美千代自身、重蔵の世話をしたかったから、結婚をした。決して、その財産狙いというわけではない。

当時、美千代に言い寄る男性は多かったが、好きな男はいなかった。

重蔵のことは最初から好きというわけではなかったが、彼が一度、心臓の病で倒れ、病室で彼に付き添っているときに見せた、意外な弱さのようなものに惹かれ、気づいたら、重蔵を好きになっていた。

重蔵が会社を売って、引退したときは、ほっとした。

もともと心臓を患っていた。それに、会社は決して順調に行っているとは言い難く、心労を重ねたら、心臓がもたないと思っていた。

だから、これであとは二人で静かに暮らしていけると思っていた。

そんなとき、重蔵のペニスが勃たなくなった。

そのくせ、重蔵は執拗に身体を求め、愛撫をする。

美千代の肉体は昂って、欲しくてたまらなくなる。だが、重蔵は止《とど》めをさしてくれない。

その圧倒的な寂しさは女性でないとわからないだろう。

だから、沢崎に誘われて、魔が差した。

離婚されてもおかしくないような失態だった。しかし、重蔵は自分を許してくれた。そのことで、美千代はますます重蔵を好きになった。

だが、まさかのことが起こった。

腹上死など、虚構のなかでの出来事だと思っていた。

射精のあとで、苦しみ悶えていた重蔵の姿がいまだに脳裏に焼きついていて離れない。

美千代は自宅のリビングでお茶を淹《い》れ、ソファに座って、飲んだ。

着替える前に、弁護士の畠山敏雄《はたけやまとしお》から受け取った文書の内容を確かめておきたかった。

畠山は重蔵が生前に使っていた五十六歳の弁護士で、じつは、重蔵から遺言状を預かっていて、その遺言執行人であることを、さっき初めて聞かされた。

『これは森塚様から、遺言状とは別に託された、あなたへの手紙です。自分にもしものことがあったら、まずはこれをあなたに読ませてくれと言われています。遺言状はまたあとで、みなさんがお集まりになったときに、公開することになります。まずは、これをお読みください』

そう言って、畠山から手渡されたのである。

がせて半分
遺言がなければ、法に従って、美千代が遺産の半分を、そして、前妻・伸子《のぶこ》との間にもうけた二人の息子である森塚貴志《たかし》と久司《ひさし》に四分の一ずつ、合わせて半分が相続されることになる。

美千代はそれでいいとぼんやりと考えていた。

だが、遺言状を作り、その遺言執行人を置くのだから、たぶん、何か決定的なことを重蔵は遺言に記《しる》したのだろう。

ドキドキしながら、美千代は厳重に封をされた封筒から、重蔵直筆の数枚の便箋を取り出した。

読んでいくにつれて、頭から血が引いていくのがわかった。

その手紙は、美千代への呪詛の言葉からはじまっていた。

美千代、お前は私を裏切った。たった一回の過ちだったが、それを私は許す気になれない。

だが、お前が俺を助けてくれたことも確かだ。私の晩年は美千代がいなければ、とんでもなく寂しいものになっていただろう。

だから、美千代に財産のほぼすべてを残そうと思う。
しかし、ただで渡すわけにはいかない。
お前を苦しめたい。そして、私の与えた苦しみを乗り越えて、目標を達成したときに限って、美千代には私の遺産のほぼすべてを譲渡したい。

目標達成その一
私の弟であり、美千代が忌み嫌っていた森塚誠治《せいじ》。彼とセックスしなさい。そして、誠治を満足させなさい。美千代はそれを記録した映像、録音を遺言執行人の畠山弁護士に提示する。それによって、最初の課題はクリアされる。

達成目標その二
前妻の伸子との間にできた息子、長男の森塚貴志、次男の久司の二人と肉体関係を持ちなさい。そして、自分が本来譲渡されるべき四分の一の遺産を受け取ることを諦めさせること。相続放棄の念書を受け取ること。
さらに、美千代と貴志、久司の情交を記録したものを、畠山に渡すこと。

以上の二つの目標を達成したときに限って、美千代には財産のほぼすべてを相続させる。

もし美千代がこれを拒否、あるいは達成できなかった場合は、私の財産はほぼすべてをある団体に寄付する。

私はそれだけ、お前の裏切りを許していないということだ。このまま、お前に財産を相続させることには大きな抵抗があり、お前を苦しめることによって、私はようやくお前を許すことができる。

このことはすべて、遺言執行人の畠山敏雄に話してある。疑問があるときは、彼に相談しなさい。

美千代、私はお前を愛していた。だからこそ、お前にただで財産を譲るわけにはいかないのだ。わかってくれ。

森塚重蔵

読み終えて、美千代は呆然としてしまった。

重蔵がこれほどまでにも、美千代の不倫に執着しているとは思っていなかった。

重蔵はわたしを愛してくれていた。だからこそ、一回の過ちも許せなかったのだろう。

これは、重蔵が自分に与えた試練であり、乗り越えなければいけないものだった。

しかし、わたしが嫌っていることを知っていながら、弟の誠治に抱かれろとは……。

それに、自分の息子二人に、抱かれろと言う。なぜこのような意地悪で最低のことを思いついたのか、まさに悪魔に魂を売ったとしか思えない。

冷静になって考えると、本来、彼らがもらうべき遺産を相続放棄させることになるのだから、きっとその財産放棄が狙いなのだろう。

しかし、それは自分で遺言状にそう書けばいい。それを敢えて、美千代に財産放棄の片棒を担がせるのは、重蔵が死んでもなお美千代を苦しめたいからだろう。

(ひどい人ね……!)

美千代は持ち帰ってきた遺影をきりきりとにらみつけた。

# 第二章　四十九日法要のあとで

## 1

菩提寺で重蔵の四十九日法要が行われ、その後、納骨も終わり、参列者との会食であるおときが行われている。

重蔵の弟である森塚誠治は料理を口に運びながら、時々、美千代の様子をうかがっていた。

着物の喪服を着て、静かに料理を口に運ぶ美千代は、美貌に悲しみをたたえて、いつも以上に色っぽい。

喪服を着た女はどうしてこんなに男心をかきたてるのだろうか?

森塚誠治は六十二歳で、兄の重蔵とはひとまわり以上も歳が離れている。出来のいい兄に較べて、学校の成績も悪く、何をやっても兄には劣った。

就職しても長続きせず、結局、兄の建築会社に雇ってもらった。

営業課長としての肩書をもらい、自分なりには一生懸命に働いた。

だが、誠治は美千代に横恋慕した。

兄が秘書である美千代に惚れていることは見ていてわかった。だが、まだ二人がつきあっているとは聞いていなかった。

当時、すでに誠治は離婚して、独身だった。

だから、何度も執拗に美千代を誘った。そのたびに断られていたが、ある日、あまりのつれなさに頭に来て、美千代を強引に抱き寄せて、キスをせまった。

美千代に突き放されて、結局は何もできなかった。

それからすぐに、誠治は会社をクビになった。

『なんでクビになったか、わかるよな。お前は美千代に手を出した。俺は美千代と結婚するつもりなんだ。俺と彼女の仲はわかっていたはずだ。それをわかっていながら抱こうとしたんだから、覚悟はできていたよな』

最後に、多額の退職金を渡されて、兄にそう言われた。

美千代が告げ口をしたのだ。彼女がしゃべらなければ、こんなことにはならなかった。

それ以来、誠治は美千代を恨んできた。

だから、兄が亡くなり、その後、弁護士から、じつは兄からのこういう手紙があると、見せられたときは、心から驚いた。

そこには、美千代を抱いていいと書いてあった。

美千代には、誠治に抱かれないと、遺産を相続させないと記したものを渡してあるから、美千代はお前を拒まないだろうとも。


あのとき、弟を辞めさせることに大いに、心は痛んだ。すまなかった。

だから、その借りを返したい。

お前はあの頃から、美千代に惚れていて、抱きたくてしょうがなかったはずだ。

その願いを叶えさせてやる。

美千代はおそらくお前を拒まない。なぜなら、お前を拒んだら、そのときは美千代には一銭の遺産もやらないと明記してあるからだ。

あとは、お前の了見に任せた。

お前が下手を打ったら、美千代はもう遺産は要らないから、お前とも寝ないということになるだろう。しかし、上手くやれば、美千代を抱ける。美千代はいい女だぞ。抜群に感度はいいし、あそこは吸いつくようだ。だから、上手くやれ。

残念ながら、お前には財産分与するつもりはない。退職金として相当の金は払ってある。

だから、美千代との一度の情事が、お前に残す俺の形見分けだ。お金より、美千代との一晩の情事のほうをお前は選ぶはずだ——。

文書にはそう書いてあった。

誠治が美千代に打診したところ、美千代は四十九日の法要が終わるまでは、待ってほしいと答えた。

だから、今日まで待った。

そして、今四十九日の法要も納骨も終わり、あとはおときを終えればいよいよそのときがやってくる。

どうせやるなら、喪服姿のときにしてみたい。

今日で忌中も明けるわけで、これ以上の日はない。

美千代には、自分も兄の家に寄るから、そのときに美千代を喪服のまま抱きたいと伝えてある。

美千代の眉間に深い皺が刻まれているのは、おそらく、そのことで懊悩《おうのう》しているからだろう。

やがて、おときが終わって、誠治は美千代を家まで愛車で送るからと、強引に助手席に乗せた。このために、今日は飲酒しないでおいたのだ。

兄の豪邸まで車で三十分。

誠治は駐車場に停めてあった車をスタートさせた。

豪邸に向かう途中で、美千代を見る。

助手席に座って、シートベルトを着物の喪服の胸に斜めに食い込ませた美千代は、未亡人の憂いをたたえて美しい。

兄嫁だった女は未亡人へと変わったのだ。

「例の件だけど、結論は出たんだよな？　こうして俺の車に乗ったということは、ＯＫというふうに取っていいんだな」

ハンドルを握ったまま、ちらりと横を見る。

美千代は答えずに、ぎゅっと唇を噛みしめていた。

「……ノーなら、首を横に振れ。イエスなら、何もしなくていい」

意思表示をしやすいように言う。

美千代は首を横に振ることはせずに、ぎゅっと唇を噛んで、前を向いていた。

「わかった。そうだよな？　せっかくの遺産を寄付されたんじゃたまらないよな。あんた三十二歳だっけ？　これからまだ五十年は生きていかなくちゃいけないんだから、お金は欲しいよな。当然だと思うぞ。だいたい、あんたが兄貴を選んだのも、財産目当てだものな」

「それは違います！」

美千代がきっぱりと言って、きりきりとにらみつけてきた。

「違うのか？」

「はい、違います。わたしは重蔵さんを好きになったから、結婚したんです」

「まあ、何とでも言えるよな、それは……それに、もう兄貴はこの世にはいないんだからな。四十九日が過ぎて、あの世に渡っちまった。よかったじゃないか、遺産相続したら、あとは誰か若い男と再婚も可能だ。そのためには、俺に抱かれるしかない。兄貴も最後に、弟孝行してくれたよ」

ちらりと横をうかがうと、美千代は悔しそうに唇を噛みしめている。

そのととのった横顔に影が落ちているのを眺めていると、もっといじめてやりたくなった。

「家まであと十五分。喪服の裾を開いて、太腿と下着を見せろ」

命じると、美千代が眉間に縦皺を寄せた。

「やれよ！　俺に抱かれたという証拠を弁護士先生に出さなくちゃ、いけないんだろ？　どんな証拠を出すのか知らないが、いやなら俺はいっさい協力しないし、それを認めないからな。そうしたら、あんたも困るだろう。やれよ！」

びしっと言うと、美千代は一瞬怯えたような顔をした。

それから、おずおずと黒い和服の前身頃を開いていく。一枚、また一枚とめくりあげていくと、白い長襦袢がのぞき、その間にむっちりとした太腿がのぞいた。

「長襦袢をめくれよ」

美千代は悔しそうな顔をしながらも、白い長襦袢をたくしあげて横にずらした。

すると、色白の大理石のような光沢を放つ太腿がこぼれでた。

必死に太腿をよじり合わせている。

「お上品ぶるなよ。この身体で兄貴を誘惑して、セックス漬けにしたくせによ。足を開けよ、早く！」

叱咤《しった》すると、美千代はおずおずと膝を開きはじめた。

四十五度くらいに開いたところで、誠治は指示をする。

「それじゃあ、見えないんだよ。もっと腰を前に突き出して……そうだ。そのま ま、足を直角まで開け。おらっ、やれよ！」

語気を荒らげると、美千代はびくっと怯えた。

それから、言われたように尻を前に出し、膝をひろげていく。

「もっと開け！」

「ぁああ、もう……外から見えてしまうわ」

「見えたっていいだろ？　ぎりぎりまで開け」

言うと、美千代は足を鈍角になるまでひろげた。

はだけた喪服と長襦袢から、むっちりとした太腿とふくら脛があらわになり、白いパンティや白足袋に包まれた足も見えた。

「いいぞ。そのまま、下着の上からオマ×コを触れ」

「……できません」

「お上品ぶるなよ。兄のチ×コを一生懸命にしゃぶって、勃たせてたんだろ？教えてやろうか。じつは、兄は腹上死させられたんじゃないかって、ウワサがあるんだよ。あんたと嵌めてたときに、頑張りすぎて心臓が耐えられなくなったんじゃないかってな。火のないところに煙は立たない。俺は事実だと思ってるんだ」

「違います……」

「どうだかな……いいから、やれよ。オナニーしろ」

左手を伸ばして、右の太腿をつかんでひろげると、

「わ、わかりました……しますから、乱暴なことはしないでください」

美千代が言う。

どうやら乱暴で強引なことをされると、抵抗できなくなるようだ。

やがて、美千代の右手がためらいながらも、太腿の奥に伸びて、白いパンティの上から、恥肉をさすりはじめた。

誠治がちらちら見ていると、鈍角に開いた足がぎゅうと内によじれたり、反対に外にひろがったりする。

草履を履いた白足袋の親指も内側に曲がったり、外側へと反ったりする。

横顔がのけぞり、顎がせりあがっている。

「いや、いや……」

そう口では言いながらも、右手の指は活発さを増して、白い布地を縦にさすり、くりくりとまわすようにする。

「ぁあああ……」

と、抑えきれない喘ぎが洩れた。

（この女……！）

美千代の想定をはるかに超えた激しい所作に、分身がズボンの膀間を突きあげるのを感じた。

「右手で俺のチ×コをしごけ」

「……できません」

「いや、お前はやる。遺産を受け取れないようにするぞ。いいんだな？」

切り札をちらつかせると、美千代はおずおずと右手を伸ばしてきた。

この車のクラッチはハンドル軸についているから、邪魔をする物はない。

白い家紋のついた黒い袖から突き出した手が、運転をする誠治のズボンの膀間に伸びた。それがすでに膀間を三角に持ちあげているのを知り、ハッとしたように手が引いていった。

すぐにまたふくらみをさすってきた。

しなやかな指づかいを感じて、分身はますます硬く、いきりたってくる。

「チャックをさげて、あれを取り出して、じかにしごけ……やるんだよ！」

最後に強く叱咤すると、美千代はやはり強硬な態度に弱いのだろう、ズボンのジッパーを苦労しておろし、その隙間から手を突っ込んで、ブリーフのクロッチから勃起を引っ張り出した。

夕方で暗くなりはじめた車内に、グロテスクな肉柱がそそりたっている。

「しごいてくれよ」

せかすと、ほっそりした指が静かに上下動をはじめた。

（たまらんな……これは、現実か？）

夢を見ているようで、注意が散漫になってくる。

（こんなところで、事故ったら笑い物だな）

前を向いて、運転に集中した。

それでも、人差し指と親指で作った輪を、亀頭冠に引っかけるようにしごかれると、気がそぞろになる。

「このまま、しごきながら、自分を慰めろ。パンティのなかに指を突っ込んで、その音を聞かせろ」

命じると、美千代はためらうことなく、左手をパンティの上端からなかに差し込んで、そこをいじりはじめた。

白いパンティが指の動きそのままに、もこもこと波打ち、美千代は胯間をせりあげるようにして、

「んんんっ……ぁああうぅぅ」

くぐもった声を洩らして、顔をのけぞらせる。

シニヨンに結った黒髪が座席のヘッドレストに擦りつけられて、そのととのった凛々《りり》しい横顔を見ることができた。

すっきりした眉を八の字に折って、苦しそうな顔をしながらも、

「ぁああ、あうぅぅ……」

快感を表す声を洩らし、思いついたように勃起を握りしごいてくる。

白いパンティが指の動きそのままに盛りあがり、

「チャ、チャ、チャ……」

くぐもった粘着音が聞こえてきた。

「恥ずかしい女だな。指でオマ×コをかきまわす音が聞こえるぞ。何だ、このい

やらしい音は？　わかったぞ、あんたは虫酸の走るほど大嫌いな男に命じられて、オナニーしても感じるんだな。マゾなんだよな。恥ずかしいことを強制されると、オマ×コじんじんしちゃうんだ。そうだな？」

「違います……そんな女じゃないわ」

「どうだかな……今から兄貴の豪邸で、たっぷりと確かめてやるよ。そろそろ着くな。着くまで、こいつをしゃぶってもらおうか？　今、美千代が握ってるやつを」

「無理です……見えてしまう」

「大丈夫だよ。姿勢が低くなるんだから、逆に見えなくなる。やれよ。おらっ！」

強い口調で言うと、美千代はびくっとして、それから、周囲を見まわした。

こちらを見ている者がいないことを確認すると、ゆっくりと上体をこちらに倒した。車内でいきりたっているものに唇をかぶせ、奥まで頬張って、ぐふっ、ぐふっと噎せた。

それでも吐き出そうとはせずに、なおも咥《くわ》えつづけて、静かに顔を打ち振る。

誠治はうねりあがる快感に唸った。

結われた黒髪からのぞく襟足が楚々として悩ましい。左右に垂れ落ちた鬢《びん》が色っぽい。

うっとりしたところで、信号が黄色から赤に変わって、その交差点で車を止めた。

「大丈夫だ。こちらを見ている者はいない。しゃぶれよ。ついでに、オナニーしろ。オマ×コに指を突っ込んで、ズボズボしてみろ」

命じると、美千代はますます足を鈍角にひろげ、パンティの奥に指を抜き差ししながら、

「んんっ……んんんんっ……んんんんんんっ……」

運転席の誠治の勃起をつづけざまに頬張ってくる。

右手で根元を握りしごきながら、余った部分に唇を激しくすべらせる。そうしながら、鈍角にひろげた太腿の奥を指でかきまわしている。

「たまらんな……イクなよ。勝手にイクんじゃないぞ。イクのは家に着いてからだ。わかったな?」

言い聞かせると、美千代は頬張ったまま うなずき、ゆったりと顔を振りはじめた。

家に到着して、そのガレージのなかに車を停めた。

「イッていいぞ。イケよ。イカないと、ずっとしゃぶらせつづけるからな」

命じると、美千代はますます大きく足を開き、太腿を閉じたり、開いたりしながら、その中心に指を抜き差ししている。

頂上が近いのだろう、肉棹をただ頬張るだけになっている。

「おらっ、しゃぶれよ。一生懸命フェラしながら、イケよ。わかったな？」

美千代は頬張ったままこくんとうなずいた。

それから、大きく素早く顔を打ち振りながら、太腿の奥を指でピストンさせる。

その指遣いがいっそう激しくなり、

「んんんっ、んんんっ……んんんんっ！」

美千代の洩らす声が逼迫《ひっぱく》してきた。

「イキそうなんだな？　答えろよ」

美千代は頬張ったままうなずいた。

「いいぞ。イケよ。見ててやるから……そうら、いいんだぞ。いいんだぞ。そうら……」

誠治は射精しそうになるのを懸命にこらえて、美千代をせかす。

「んんんっ、んんんっ……んんんんっ！」

美千代の洩らす声が激しさを増し、指遣いにも拍車がかかった。

ひろがった内太腿がぶるぶる震えている。

「んんんっ、んんんっ、んんんんっ……！」

美千代は肉竿を咥えたまま、喪服姿をがくん、がくんと震わせた。

（イキやがった……本当にイきやがった！）

誠治は昂奮の極致で、絶頂の余韻に身を任せている美千代の喪服の肩を抱き寄せた。

2

リビングの総革張りのソファに喪服姿の美千代を座らせて、足を開かせ、誠治は太腿の奥に顔を寄せていた。

すでにパンティは脱がせてある。

漆黒の細長い翳りは密生して、見事な光沢を放ち、それが流れ込むあたりに女の証が花開いていた。

そこはすでにぐちゅぐちゅで、とろりとした蜜がしたたり落ちている。

蜜を舌ですくいとるように舐めると、

「ぁあああ……くうぅぅ」

美千代はのけぞって、喘ぎ、それを恥じるように口に手のひらを当てて、喘ぎ声をふせいだ。

それでも、誠治が狭間の粘膜を舐めると、我慢できないとでも言うように腰をくねらせ、もっと舐めてとばかりに恥丘をせりあげる。

両足はソファにあがって、M字に開いており、黒い喪服と白の長襦袢がしどけなくまくれて、むっちりとした太腿とその奥の翳りがあらわになっていた。

そして、誠治がここぞとばかりに舌をつかうと、

「ぁああ、ああああぅぅ……」

抑えきれない喘ぎが洩れて、白足袋に包まれた足の親指が反りかえった。

舐めしゃぶるうちに、誠治の口許も淫蜜にまみれて、唇にも濃厚な蜜が付着した。それを舐めると、日常では決して味わうことのできない女の味がして、誠治はいっそう昂る。

身体を許さないと遺産がもらえないということ以上に、美千代はマゾ的な性を有していて、それが彼女をこうさせているのだと思った。

ここは徹底的に美千代を落とすまでだ。

（兄もよくこんなことを許したな。兄も、美千代に対して、何か恨みを抱いていて、その復讐をしているのかもしれない）

そう考えながら、誠治は右手を美千代の口許に持っていって、

「指を舐めろ」

人差し指と中指を差し出した。

美千代は一瞬ためらったが、やがて、誠治の指を頬張ってきた。まるでフェラチオするように顔を振り、舌を指にからめてくる。

誠治はその指で膣口をなぞった。

あふれだした蜜でぬるぬるしているとば口を円を描くように撫で、慎重に沈み込ませていく。

二本の合わさった指がとても窮屈な入口を押し広げていき、熱く滾《たぎ》ったところへ嵌まり込んでいって、

「はうぅぅ……！」

美千代が顔をのけぞらせた。

誠治は押し込んだ指をくるりと返して、指腹が上を向く形で、静かに抜き差しをはじめる。

素晴らしい締めつけだった。

誠治は最近素人としたことがない。相手はすべて風俗関係の女性だった。

これほどに窮屈で、潤みきっているオマ×コは経験がなかった。

これはたんに肉体の感度が高いというだけではないような気がした。それに、
もともと美千代は自分のことが大嫌いだったはずだ。

こんな強引なやり方で、強制的に凌辱まがいのことをされているというのに、
これほどまでにオマ×コを濡らすとは……。

女性のなかには、レイプまがいに肉体を蹂躙されることに、ひそかな悦びを感じる者がいる。

おそらく、美千代はそのなかのひとりだ。

誠治は二本の指で天井側を擦りながら、こちら側へと引き寄せる。

それを繰り返していると、美千代は下腹部をせりあげて、

「ぁあああ……ぁあああ、許して……許してください」

眉を八の字に折って、哀願してくる。

「本当は気持ち良くてたまらないんだろ？　素直に言ったらどうだ？　わたしは忌み嫌っている男に無理やり犯されたほうが、感じるんですって……」

「……違うわ。違います」

「どうだかな？　足をもっと開いて……そうだ。そのままだぞ」

誠治は顔を寄せて、クリトリスを舐めた。

左手で包皮を剝いて、あらわになった肉芽をちろちろっと舌でうがつと、

「はぁあああ……あっ、あっ……いやです。いや、いや……」

美千代は口ではそう言いながらも、もっとしてとでも言うように、足を大きくM字開脚して、下腹部をせりあげて、擦りつけてくる。

「いやと言っているわりには、オマ×コ、ぐいぐい押しつけてるな。そうら、これでどうだ？」

誠治は二本の指でずぶずぶと膣口を犯し、上方のクリトリスを舌で左右に撥ねる。

指を抜き差しすると、白濁した汁があふれ、クリトリスは肥大化して、美千代は、

「ぁあああ、あああああ……いや、許して……イキそう。イッちゃう……イッちゃう……！」

ぎゅっと目を瞑《つむ》って、顎をせりあげる。

内太腿がぶるぶる震え、指を咥え込んだまま、身体をこわばらせている。

もう少し抜き差ししたら、美千代はイクだろう。

だが、ご褒美はあとだ。

イキたいのに、イカせてやらない。そうやって、焦らしに焦らして、たっぷりと懲らしめてやるのだ。

誠治はいきなり指を抜き、クンニもやめた。

すると、美千代が「えっ、どうして？　イカせてください。イキたいの」というような顔をして、誠治をすがるように見た。

「イク前に、しゃぶってもらおうか。ご奉仕せずに、自分だけイクなんて、甘いんじゃないのか？」

美千代を立たせて、誠治は喪服を脱ぐ。ズボンとブリーフもおろして、ワイシャツ姿になった。

黒ネクタイを外したとき、ふいにある考えが浮かんだ。

(いいじゃないか……)

美千代の両腕を背中にまわして、手首を重ね合わせ、そこに黒いネクタイをまわして、最後にぎゅっと縛った。

「……これは？」

「せっかくだから、黒ネクタイで縛ってみた。あんた、縛られるのが嫌いじゃないだろ？」

「……縛られたこと、ありません」

「本当か？」

美千代がうなずいた。ウソではない気がした。

兄は、これほどに素晴らしい素材を持ちながらも、縛ったことがないらしい。

「兄貴も、宝の持ち腐れだよな。せっかくの素材がありながら、活《い》かしきってない。俺が調教してやるよ。おらっ、脱げよ」

背後から、喪服の衿元に手をかけて、ぐいとひろげながら、肩を抜いていく。

胸元が開いて、色白の肌があらわになり、それは乳房が半分ほど見えるところで止まっている。

「痩せているくせに、巨乳だよな。こいつで、兄をたぶらかしたわけか」

誠治は後ろから右手を白い半衿《はんえり》に差し込んで、左側の乳房をじかにつかむ。ぐいと揉みしだくと、

「ぁああ……いやぁぁぁ」

美千代はいやいやをするように首を左右に振る。

すべすべの乳肌はたわわすぎる弾力に満ちていて、揉むほどに柔らかく指に吸いついてくる。

見え隠れしているピンクの乳首をつまんで、転がすと、それは一気に硬くしこってきた。

「美千代さんの身体は本当に正直だ。ちょっと触ったら、乳首がもうカチンカチンになってきた。俺が嫌いなんだろ？　どうなんだ？」

「……嫌いです。大嫌い！」

美千代がきっぱりと言う。

「おいおい、少しはお世辞をつかえよ。まあ、いい……あんたはその大嫌いな男に縛られて、無理やり乳首をくりくりされて、カチカチにしている。そういう女なんだよ」

後ろから耳元で囁き、乳首を強めに捏ねると、

「ぁあぅぅ……！」

美千代は顔をのけぞらせながら、尻を擦りつけてくる。

「何だよ、この尻の動きは……」

誠治はとっさに右手を胸元から抜いて、替わりに左手を胸の内側へと差し込ん

だ。大きすぎる乳房をぐいとつかみながら、右手で喪服の前身頃を割って、太腿の奥へとすべり込ませる。

繊毛の底に指を届かせると、そこはすでに洪水状態で、

「ぁあああ……やめてください」

美千代が太腿をよじり合わせながら、くなっと腰を揺すった。

誠治はいさいかまわず翳りの底をなぞり、ぬるぬるした箇所をさすりながら、乳房を揉みしだく。硬くなっている乳首を右に左に捏ねると、

「ぁあああ、もう、もう許してください……ぁあうぅ」

と、美千代が背中を預けてくる。

「許してやってもいい。その前に、こいつをしゃぶってもらおうか」

そう言って、誠治はソファに座る。

その間に美千代をしゃがませて、足を開いた。

「ほら、しゃぶれよ。ちゃんとしゃぶったら、許してやるよ」

言うと、美千代はまっすぐに誠治を見あげて、眉根を寄せた。それから、姿勢を低くして、猛りたつものに顔を寄せてきた。

喪服姿で両手を後ろ手に黒ネクタイでくくられているから、かなり頬張りにく

いはずだ。

乳房が半ばこぼれでた上半身を腰から折って、ちゅっ、ちゅっと亀頭部についばむようなキスをした。

(ほお……いきなり咥えてこないところが、さすがだな)

感心して見ていると、美千代は顔を横向けて、裏筋を舐めてきた。上下に舌でなぞり、イチモツを唾液で濡らした。

それから、亀頭冠の真裏にある包皮小帯をちろちろと舌であやしてくる。

(すごいな。フェラの手順をきちんと心得ている)

この手順は、兄が教え込んだのだろう。

美千代は包皮小帯をじっくりと舐めてから、本体を咥え込んできた。

唇をひろげて、いきりたちを途中まで咥え、そこで舌をからませる。それから、一気に根元まで頬張って、「ぐふっ、ぐふっ」と噎せた。

両手を背中でひとつにくくられているから、バランスが上手く取れないのだろう。ぐっと奥まで呑み込んで、苦しそうにえずいている。

やがて、美千代はつらさに耐えかねたのか、顔をあげて、唇を引きあげる。

亀頭冠のカリに唇を引っかけるようにして、細かくストロークをする。

カリのくびれを柔らかな唇で摩擦されて、じわっとした快感がせりあがってきた。誠治が快感を覚えていることを察知したのだろう、美千代はつづけざまに同じところを短いリズムでしごいてくる。

「んっ、んっ、んっ……」

甘い鼻声を響かせて、連続してそこをさすられると、ジーンとした痺れに似た快感が急激にひろがってきた。

「そこは、もういい！　根元から先っぽまで、均等にしゃぶってくれ」

指示を出した。

すると、美千代はちらりと見あげてから、言われたように根元まで頬張り、そこから、ゆっくりと唇を引きあげる。

亀頭冠のくびれを巧みに摩擦して、いったん吐き出し、また咥えて、じっくりと根元まで唇をすべらせる。

それを美千代ははだけた喪服姿でやっている。背中でひとつにくくられた手首が血流が止まっているのか、白くなりはじめていた。

だが、さすがにこれ以上つづけられたら、口内射精してしまう。

「もう、いい……この下手くそが！　ここに這えよ」

フェラチオをやめさせて、美千代をソファに這わせた。

と言っても、両手を後ろ手にくくられているから、美千代は顔を横向けて、体重を顔で受け止める形である。

家紋の入った喪服の裾をまくりあげて、さらに、白い長襦袢もはだける。

こぼれ出たヒップはむっちりとハート形に充実しており、色が抜けるように白く、光沢を放っていた。

すべすべの尻たぶの谷間の底に、女の証が見事な花を咲かせていた。肉びらはふっくらとしていて、褶曲《しゅうきょく》しながら色づき、外側にめくれあがっている。

その狭間に、鮮紅色にぬめる粘膜が顔をのぞかせていた。

誠治も片足をソファにあげて、後ろからの体勢を作る。

いきりたつものを濡れ溝に押しつけると、

「いやです」

美千代が腰を逃がした。

「心にもないことを言うなよ。本当は欲しくてしょうがないくせに。兄が死んでから七週間も経っているんだ。その間、ここが寂しくてしょうがなかったんだろ？　車のなかで一回イッて、さっきもイッた。もう二度も気を遣ったくせに……今度は本物をやるからな。うれしいだろ？」

誠治は屹立に指を添えて、腰を入れた。

いきりたつものがとても狭い入口を突破していく。普通は膣口を通過すれば、あとは楽々入るはずだ。

だが、美千代のオマ×コは入口も途中も奥もきつきつだった。

切っ先が窮屈な肉路を切り開いて、奥へと嵌まり込むと、

「あぐぐうぅぅ……！」

美千代はくぐもった声を洩らして、背中をしならせた。

「くっ、おっ……！」

と、誠治も奥歯を食いしばって、こらえた。

今、自分が体験しているものは、これまで誠治が体験した女性の膣のなかで、間違いなくいちばんだった。

兄が、手紙に美千代の女性器は吸いつくようだと書いていた理由がよくわかった。

まだ挿入して、ピストンもしていないのに、なかの粘膜がひたひたと分身にからみついてきて、つながっているだけで気持ちがいい。

抽送したら、すぐにでも出てしまいそうだった。だが、動きたくなってしまう。

誠治は後ろ手に黒いネクタイでくくられている手首をつかんで、引き寄せながら、慎重に腰を動かした。

ゆっくりと、焦らずにストロークする。

すべらせるたびに、まったりとした粘膜がまとわりついてきて、その抵抗感が心地よい。

煮詰めたトマトのなかに挿入しているようで、熱く滾った感触がある。

「ぁあぁ、たまらんよ……美千代さんのオマ×コは極上品だ。兄が虜《とりこ》になった気持ちがわかるよ。そうら……」

誠治は徐々にストロークのピッチをあげていく。

尻と下腹部が激しくぶち当たって、

「あっ……あんっ……あんっ……」

美千代が愛らしく喘いだ。

奥へとえぐり込むたびに、ひとつにくくられた手指がぎゅうと握られたり、反対に伸びたりする。その所作がたまらなくなって、誠治はおりてきた喪服と長襦袢の裾を完全にまくりあげた。

転げ出てきた真っ白な双臀と、その底に深々と突き刺さっている蜜まみれの肉柱が見える。

白磁のようなてかつきを見せる尻たぶを撫でさすり、かるく打った。てのひらでぶつと、パチンと乾いた音がして、

「あっ……！」

美千代が痛そうな声をあげて、びくっと尻を窄《すぼ》める。

「いい音がするな。美千代のケツは。そうら、ぶってやる。痛いだろ？　謝れよ。あのとき、主人に言いつけてすみませんでしたと謝れよ！」

大きく振りかぶって、尻たぶを平手打ちした。

「パチーン……！」

派手な音がして、

「痛ぁぁ……！」

美千代が悲鳴を噴きあげた。

「謝れよ！　そうら、謝れよ！」

左手で後手にくくられた手首をつかみ寄せ、右手でつづけざまにスパンキングした。

「やぁああ……！」

美千代は嬌声をあげて、

「ゴメンなさい。ゴメンなさい……わたしが悪いんです。ゴメンなさい、ゴメンなさい」

必死に謝ってくる。

真っ白な尻たぶの、打たれたところが急速にピンクから赤に変わっていく。

誠治はスパンキングをやめて、その替わりにイチモツを強烈に叩き込む。

後手にくくられているところをつかんで、ぐい、ぐい、ぐいっと打ち据えると、雄々しくいきりたつものが奥まで突き刺さっていき、

「あんっ……あんっ……あんっ……ぁあああ、許して、許してください」

美千代が半泣きして、哀訴してくる。

「許せないな。許せるわけがないじゃないか……バカか、美千代は？」

誠治はふたたびスパンキングして、いったん結合を外し、美千代をソファに仰向けに寝かせた。

膝をすくいあげて、喪服と長襦袢の裾をはだけさせ、あらわになった翳りの底にイチモツを打ち込んだ。

「はぁあああ……！」

美千代は顔をのけぞらせて、顎をせりあげる。

膝の裏をつかんでひろげながら、ぐいぐいとえぐり込んでいくと、

「ぁああ、あああ……あんっ、あんっ……はうぅぅ」

白足袋に包まれた親指が反りかえった。

後ろで結われていた髪が解け、長い髪が乱れて、散っている。

その今にも泣きだしそうな顔を見ていると、誠治もいよいよ追い込まれた。

「おおぅ、出そうだ。出すぞ。美千代のなかに出してやる」

連続して腰を打ち据えると、

「い、いやです……それはいやっ……いやよぉ！」

美千代が必死に結合を外そうともがく。

しかし、両膝を上から押さえつけているから、美千代は動けないのだ。

しかも、もがけばもがくほど、膣肉が怒張を締めつけてきて、いっそう快感が高まる。

「そうら……！」

つづけざまに叩き込んだ。

「あん、あん、あん……」

美千代は声を洩らしてしまい、それを恥じるように唇を噛んでこらえる。

「おおぅ、ダメだ。出そうだ……出してやる。美千代の子宮にぶっかけてやる。おおぅ……！」

誠治は奥歯を食いしばって、猛烈に叩き込んだ。

「あんっ、あんっ、あんっ……ぁあああ、いやいや……あん、あん、あん……ぁあああ、イッちゃう……イッちゃう……あぐぐ」

「そうら、イケよ」

つづけざまに打ち据えたとき、

「イク、イク、イッちゃう……いやぁああああぁぁぁぁ！」

美千代が嬌声を張りあげて、大きくのけぞった。

顎を突きあげたとき、誠治も駄目押しの一撃を叩き込み、次の瞬間、熱い男液が怒濤のごとく噴き出していく。

「おおぅ……！」

誠治は獣じみた咆哮をあげながら、兄嫁の体内に精液を浴びせることの至福に酔った。

シャワーを浴びて、身体を清めた美千代を、誠治は布団の敷いてある客室の和室へと連れていった。

3

襖と障子で遮られた和室には、和紙に包まれた枕明かりが灯り、布団をぼんやりと浮かびあがらせていた。

白いシーツに全裸の美千代を座らせ、自分はスマホをかまえて、命じた。

「あんたは、俺とやったという証拠が必要なんだろ？　スマホで動画を撮ってやるよ。最初はハメ撮りして、次に固定して、二人が映るようにすればいいだろ？　それで、美千代は兄の莫大な遺産をもらえるんだ。俺は遺産はゼロ円だからな。あんたはこのくらいのことをされても、当たり前なんだよ。じゃあ、まずはフェラしてもらおうか。お前がフェラしてるときの動画を撮ってから、ハメ撮りする。いいな？　やれよ」

そう命じて、誠治は布団の上に仁王立ちする。

「その動画、わたしにすぐにくださいね。その場で、元の動画は消してください。

それを約束していただけるなら……」

「大丈夫だ。きちんと元の動画は消してやるよ。それをネタにあんたをゆすりつづけるなんて、あくどいことはしない。その代わり、この一回はとことん燃えてもらうからな。少しでも手を抜いたら、何度でも撮り直すぞ。いいな？」

「はい……」

「それでいい。素直じゃなくちゃな……おらっ、しゃぶれよ。袋からしゃぶれよ。返事は！」

「……はい」

ためらいがちに言って、美千代はこちらに向かって、膝で歩いてくる。

その姿にスマホのレンズを向ける。

画面のなかで、一糸まとわぬ姿の美千代が徐々に大きくなる。

色が抜けるように白くて、それだけで官能美に満ちている。全体にスレンダーだが、乳房がEカップなので、その巨乳ぶりがひときわ目立つ。

スレンダーなのに巨乳という女体が、これほど男心をかきたてるものだとは……。グラビアの写真ではなく、そういう存在が目の前にいるということが、信じられない。

美千代が近づいてきて、前にしゃがんだ。

正座の姿勢から尻をあげて、いきりたっているものに顔を寄せた。垂れ落ちたウエーブヘアをかきあげて、少し顔を横向け、ちゅっ、ちゅっと亀頭冠の裏にキスをする。

それから、ゆっくりと舌で裏筋をなぞってくる。

その間も、皺袋を手であやしてくれている。

（ああ、たまらんな……）

美千代のフェラチオはただテクニックが上手だという以上に、男のシンボルへの畏敬の念が感じられる。とても大切に思ってくれていることが、伝わってくる。

兄が惚れ込んでいた理由がわかる。

しかし、その兄ももうこの世にはいないのだから、自分が兄の替わりになって、美千代を性的に支配していくこともできるのではないか？

邪心を抱きながら、美千代が裏筋を舐めているシーンを動画で撮影する。

アップにすると、美千代の唾液にぬめる赤い舌が勃起の表面をなぞっていくのがよくわかる。

「こっちを見るんだ」

言うと、美千代は裏のほうを舐めながら、ちらりと見あげてくる。

スマホのレンズを見て、反射的に微笑む美千代の表情をますます艶かしく感じてしまう。

「キンタマを舐めろ」

命じると、美千代は裏筋を舐めおろしていき、そのまま顔を横向けて、睾丸袋に舌を走らせる。

いっぱいに出した舌で袋を丹念に舐めあげる。そうしながら、右手で肉棹を握って、時々しごいてくれる。

ご奉仕することを厭《いと》わない感じである。

(マゾの上に、男に尽くしてくれるのか……)

誠治はこの兄嫁を猛烈に欲しくなった。

兄はもうこの世にはいないのだから、あとは美千代の面倒を見られるのは、俺しかいない。この動画があれば、美千代を自由に操れるはずだ──。

もうひとつの目的ができて、誠治は体に力が漲るのを感じた。

美千代は裏側を舐めあげてきて、上から頬張ってきた。

指は使わずに、唇だけをぐっと奥まですべらせて、一気に全体を包み込んでくる。

強い加虐的な欲望がうねりあがってきて、美千代の後頭部をつかみ、引き寄せた。動けないようにしておいて、腰を振って、いきりたちを押し込んでいく。

「んんっ、んんんんん……」

唇の間を怒張で抜き差しされて、唾液をこぼしながらつらそうに呻く美千代。その苦しげな表情を見ていると、もっといじめたいという欲求がせりあがってきた。

「苦しいか？」

わかっていて訊くと、美千代が誠治を見あげて、うなずいた。

アーモンド形の目にはうっすらと涙の幕がかかっている。

「もっと、苦しめよ。そうら……」

後頭部をつかみ寄せて、ぐいぐいと切っ先を喉に押し込むと、

「うぐっ、うぐぐっ……うあっ！」

美千代は飛びすさるようにして、後ろに逃げて、ぐふっ、ぐふっと噎せた。

「ダメじゃないか。逃げたら……ほら、咥えろよ」

誠治は、美千代の黒髪をつかんで引き寄せ、ふたたび硬直を口腔に押し込んでいく。

「もうしないから、自分で動けよ……ほら」

叱咤すると、美千代はおずおずと唇をすべらせる。

今度は右手で根元を握って、ゆったりとしごき、そのリズムと合わせて、顔を打ち振る。

ふっくらとした唇をカリに引っかけるように摩擦されると、えも言われぬ快感が押しあがってきた。

唇と勃起の表面から、唾液が滲み、あふれる。

指と口を連動させて、一生懸命にしごいてくる美千代の姿を、スマホで撮りつづけた。

「美千代、こっちを見ろ。スマホを見て、気持ちいいって顔をしろよ」

言うと、美千代は先端を頬張ったまま、誠治を見あげて、目が合うと、羞じらった。それからすぐにまた目を伏せて、

「んっ、んっ、んっ……」

屹立の根元をぎゅっと握ってしごきながら、一心不乱にご奉仕をする。

「いいぞ。上手いじゃないか……今度は、フェラしながら、オナニーしろ。自分でオマ×コをかきまわせ。おらっ！　いちいち、気合入れさせるんじゃないよ。

言われたらすぐにやれよ」

叱責した。すると、美千代は茎胴を握っていた右手を離して、その手を蹲踞の姿勢でいる太腿の奥に伸ばした。

美千代は濡れ溝を指で大きくさすりながら、いきりたちに唇をすべらせる。

ゆったりとストロークして、ギンとなったイチモツを味わうようにしごきながら、翳りの底をさすっている。

やがて、美千代の指が体内に没したのだろう、

「んんっ……！」

美千代はがくんのけぞった。

それから、膣に押し込んだ指で激しくなかを攪拌し、抜き差しして、

「ぁああああ、もう、もうダメっ……」

肉竿を吐き出して、言う。

「どうした？　感じすぎて、しゃぶっていられなくなったか？」

わかっていて訊くと、美千代は羞恥に頬を染めながら、うなずいた。

「しょうがない女だな。よし、じゃあ、こちらに向けて足を開いて、オナニーして。撮ってやるから」

美千代が怯えたように顔を左右に振った。

「やるんだよ！」

強い口調で言うと、美千代は言われたように仰臥して足を開き、恥肉をいじりはじめた。

内側に曲げた親指で陰核を細かく刺激しながら、他の指で陰唇をなぞる。

中指が膣口に入り込んでいって、

「あうぅ……！　いやいや、撮らないでください」

そう口にしながら、美千代は中指を忙しく抜き差しして、下腹部をせりあげる。

「丸見えだぞ。未亡人、森塚美千代が寂しさに耐えかねて、オマ×コを自分でいじっている……たまらんな。ほんと、人に見せられたもんじゃないぞ……よし、足を開け。入れてやるから」

誠治は開いた足の片方の膝裏をつかんで持ちあげる。

「足を開けよ！」

強い口調で言うと、美千代は座を開きながらも、中指でそこを抜き差ししている。

「イキたいか？」

「はい……イカせてください」

「じゃあ、指を抜いて……俺のチ×コをオマ×コに導け」

「はい……」

美千代は膣から指を抜き、その指で誠治の勃起をつかんで、導いた。

誠治はその一部始終を動画で撮影している。

「ください……このまま……」

「入れていいんだな？」

「入れてください」

誠治が腰を進めると、ギンギンの肉柱が蕩けた肉路をこじ開けていく確かな感触があって、

「はうぅぅ……！」

美千代が勃起から手を離して、その指でシーツをつかんだ。

「そうら、入った。よく映ってるぞ。俺のチ×コが美千代のオマ×コを犯しているぞ。すごいな……」

そう言いながら、誠治はいきりたつものを打ち込み、それがとても窮屈なところを出入りする様子が画面にばっちりと映っている。

「気持ちいいか？　気持ちいいだろ……正直に言えよ！」

言うと、美千代は、

「はい、気持ちいい。気持ちいい……ぁあああんっ、そこ……あんっ、あんっ、あんっ……」

顎をせりあげて、喘ぐ。

そして、誠治はその顔の表情を動画で撮影している。

ペニスが出入りしている結合部分からカメラをあげていき、喘ぎ声を発している顔まで撮っていく。

(こんなところを撮られたら、もう俺には逆らえないだろう。よしよし、これからは俺がかわいがってやるぞ)

そう心に誓い、二人がしているところを、遺言執行人にわからせるために、スマホをベッドの脇に、二人のセックスシーンが撮れるように角度をつけて置く。

内側にレンズを切り換えているので、画面には、仰向けになった美千代を、誠治が上になって貫いている画像が流れている。

「よし、これでいい。イカせてやる。イッていいんだぞ。美千代はスマホで動画を撮られながら、昇りつめる。恥ずかしいよな。だけど恥ずかしいことを強いられたほうが、美千代は感じるんだよな。昂奮して、訳がわからなくなるんだよな。

そうら、イケよ。恥をさらせよ」

誠治は足を放して、前に倒れ、乳房をつかんだ。

片手で巨乳を荒々しく揉みしだくと、豊かな弾力を持つ肉の分厚い層が指の形に沈み込み、無残なまでに形を変える。

とにかく、デカい。こんな巨乳は初めてだ。

揉んでも揉んでも底が感じられない。

乳肉を圧迫しながら、先端で尖っている乳首をつまんで、転がした。

乳肌は青い血管が透けでるほどに薄く張りつめ、乳輪と乳首は鮮やかなコーラルピンクにぬめ光っていた。

突起をいじっていると、そこが急速に硬くなり、しこってきて、

「ぁああ、あああうぅぅ」

美千代が顔をのけぞらせる。

「乳首がいいんだな？」

「はい……いい。気持ちいい……」

「乳首とオマ×コとどっちが気持ちいい？」

「……両方です」

「お前の乳首とオマ×コは連動しているみたいだな。乳首を強めにいじめると、オマ×コがぎゅんぎゅん締まってくる。そうら……」

誠治は乳首をつまんでひねると、

「ぁああ、つうぅぅ……」

美千代がつらそうに呻いて、膣がマラをぎゅんっと締めつけてくる。

「やっぱりな。そうら、これでどうだ」

誠治は乳首を左右に捏ねながら、ストロークを叩き込む。

屹立が締めつけてくる膣を押し退けながら、奥へと嵌まり込み、誠治もぐっと性感が高まった。

つづけざまに、強烈に叩きつけた。

「あんっ……あんっ……あんっ……！」

美千代は両手でシーツをつかみながら、顔をのけぞらせる。

誠治は顔を寄せて、乳首を舐めた。

カチンカチンになった突起を舌で転がし、吸う。吸いつきながら、腰をつかうと、膣の締まりもよくて、誠治は一気に押し上げられた。

もう、射精は時間の問題だった。

乳首を吐き出して、上体を立てた。

左右の膝裏をつかんで、開きながら、猛烈に腰を叩きつける。

「あっ……あっ……あっ……ぁあああああ、すごい、すごい……」

美千代が下から見あげてきた。

すっきりした眉を八の字に折って、アーモンド形の目がぼぅと潤んでいる。その男にすがるような視線がたまらなかった。

(男はみんな、この女には骨抜きにされる……俺も……!)

いつも射精前に感じるあの逼迫した感覚が押し寄せてきて、誠治はそれを育てようと腰の動きを速くした。

(出してやる。また、美千代の子宮に俺の精子をぶっかけてやる!)

奥歯を食いしばって、怒張を叩きつけた。

大きく打ちおろし、途中からしゃくりあげる。その動きをつづけていると、女も男も高まる。

美千代の肌は赤らみ、汗が噴き出している。

そして、誠治の息も切れている。

「そうら、イケよ。イキたいんだろ?」

「はい……イキたいの。あんっ、あんっ、あっ……ねえ、もう、もうイク……いいの、イッていいの？」

「ああ、いいぞ。イケよ。天国へ昇りつめろ……おおぅ！」

吼えながらつづけざまに打ち据えたとき、美千代が大きくのけぞった。

「イクわ、イク、イク、イッちゃう……イキます」

「イケよ！」

誠治は最後の力を振り絞って、高速ピストンをする。ダダダッと目にも止まらぬ速さで抜き差ししたとき、

「イク、イク、イキます……いやぁああああああ、イクぅ……！」

美千代が嬌声をあげて、のけぞり返り、その直後、誠治も駄目押しの一撃を押し込みながら、放っていた。

絶頂感が脳天まで響きわたり、悦びが全身を走り抜ける。

腰が勝手に痙攣している。

そして、美千代も体内に白濁液を浴びながら、がくん、がくんと躍りあがっているのだった。

# 第三章　長男との一夜

## 1

その夜、森塚貴志は駅の近くのカフェで、森塚美千代が現れるのを待っていた。亡夫の遺産の相続の件で相談したいことがあるという。

貴志と久司の兄弟は、重蔵にとっては前妻の子になる。

そして、二人は重蔵の遺産の相続権を持っている。たとえ別れた妻でも、血のつながっている子供には相続する権利があるのだ。

法律的には、配偶者の美千代が遺産の半分を、貴志と久司が四分の一ずつを分けてもらえる。

だが、重蔵は遺言状を残し、それを遺言執行人に指定された弁護士が持ってい て、やがて公開されるという。

法定相続人の美千代が遺言状公開の前に、わざわざ逢いにくるのは、じつは遺言状にはすべての財産を美千代に相続させると書いてあって、それを美千代は知っていて、二人に伝えて承諾を得るためではないか、とぼんやりと考えていた。

もしそうなら、貴志はそれには異議を申し立てることになる。

父と母は別れる前には最悪の関係で、父の不倫を母が罵っているところを何度も見た。

離婚の原因は父の不倫だった。気が強く、頭に血が上ったときは、自分を罵倒する母を、父は扱いかねて、離婚を認めた。

二人の息子の親権をやるし、養育費や慰謝料も欲しいだけやるから、とにかく別れてくれ。俺の前から消えてくれ——と、母に冷たく当たっていたのを思い出す。

父と母は離婚して、潤沢な養育費や慰謝料のおかげで、二人の息子は何不自由なく育てられた。

貴志は現在四十三歳で、一流企業と言われる会社で課長を勤めている。

妻は現在三十九歳で、小学生の娘がいる。

それに、生きていれば七十歳の母もすでに鬼籍に入っていた。

いまさら縁を切った父の遺産をもらうのはどうなのだろう、という気持ちもあった。

しかし、お金はあるに越したことはない。

いまだ住宅ローンを払いつづけていて、まとまったお金が入れば、住宅ローンを完済できる。娘だって有名私立中学に入れられるだろうし、古くなっている車の買い換えだってしたい。それに、弟の久司は職を失った状態にいるから、まとまった金が入れば、人生も変わるだろう。

間もなくやってくるだろう美千代とは、この前、父の葬儀で初めて逢った。

ウワサには聞いていたが、喪服で白いハンカチで涙を拭っている美千代を見て、目が離せなくなった。

知的なのに、淑やかで、どこか手を貸してやりたくなるような美人だった。

父が周囲の反対を押し切って、この女と再婚したことが腑に落ちた。

母が父と別れたのははるか昔で、母は美千代のせいで離婚したのではない。そんなことはわかっていた。

だが、耳に入るウワサは、『財産狙いの結婚』とか『父が色狂いした』という父と後妻を咎《とが》めるものが圧倒的に多かった。

貴志も七十歳過ぎで、二十八歳の若い女と再婚した父を、どこかで恥ずかしい存在と考えていたし、同じように、美千代を計算高い狡賢い女と思っていた。

だが、実際に逢ってみると、美千代はそう悪い女には見えなかった。

(だが、騙されてはいけない。もし相続放棄の話が出たら、それは絶対に拒否しよう)

そう心に誓いながらコーヒーを飲んでいると、約束の五分前に森塚美千代が現れた。

店に入ってきた美千代を見た瞬間に、身も心も震えた。

フォーマルなジャケットをはおって、タイトなスカートを穿いていたが、ブラウスを持ちあげた胸の大きさに圧倒された。しかも、スレンダーでまとまった体つきをしているのに、胸だけが大きいのだ。

葬儀や四十九日のときは、和服を着ていたのでわからなかった。

目鼻立ちのととのった美人だが、かるくウエーブした髪に包まれた顔は、どこか薄幸な雰囲気がただよっていて、それが男心をかきたてるのだ。

美千代は自分をさがしているようだが、貴志が手を挙げると、わずかにうなずいて近づいてきた。

正面の席を勧めると、美千代は、

「すみませんでした。お忙しいところをお時間を取っていただいて」

そう礼儀正しく言って、前のソファに腰をおろした。

美千代は自分から積極的にその場を仕切るというタイプではなく、物静かで口数も少ないので、自然に貴志がイニシアティブを取ることになった。

貴志は世間話をしてから、

「ところで、相続の話というと……あれですか。ひょっとして、財産はすべてあなたに渡るから、そのへんを前もって了承していただきたい、とそういうことではないですか？」

いきなり切り出した。

美千代はびっくりしたようで、何か言いかけてやめた。たぶん、図星だったのだろう。

「残念ですが、それは認めるわけにはいきません。私と弟は自分の取り分を請求します。たとえ、それが遺言に書いてあっても、それを認めることはできないと、訴えることはできるはずです。そのときは、不服申し立てをして、遺留分は請求して、裁判所で争いますから」

貴志はきっぱりと意志を示すと。しばらくして、美千代が言った。

「わかりました。そう弁護士には伝えます。ですが、あの……もう一度、逢っていただけませんか？」

「何のために？」

「遺言の件ではなく、うちの財産運用のことでおうかがいしたいことがたくさんあるんです。森塚さんは証券会社にお勤めだとうかがっております。それで、相談に乗っていただきたいんです。本当にわたしはまったくの素人なので……相談に乗っていただけるとうれしいんですが」

貴志は考えた。

おそらく、美千代は何億という財産を引き継ぐことになる。

それの何割かを運用することになれば、会社での評価も……。

「わかりました。申しましたように、財産の件は自分の分はきちんと主張します。それ以外のことなら、相談に乗らせてください。きっと、いい商品を紹介できると思います」

貴志が言うと、

「ありがとうございます。では、貴志さんのご都合がいいときに……また、連絡してください。では……」

美千代は立ちあがって、あっさりと帰っていった。

(せっかくだから、食事くらいつきあってもいいだろうに……きっぱりと意見を伝えすぎたかな……しかしさっきどさくさにまぎれて、貴志さんと俺を呼んだな。悪くない響きだった)

貴志はスマホを開き、スケジュールを見て、逢えそうな空きをさがしていた。

2

その夜、貴志は時々使う高級レストランの個室で、美千代に投資の方法を教えながら、酒を呑み、料理を食べていた。

ホテルの四十階にある、夜景を眺望できるお洒落なレストランで、出される料理も美味い。

なぜ、こんな高級な場所を選んでしまったのか、貴志は自分でもわからない。

上手くいけば、お得意様になる客を接待しているのだから、このくらい快適な場所は当然だと自分に言い聞かせている。

だが、それは見せかけで、じつのところは美千代という魅力的な女性とデート気分でここに決めたということは自分でもわかっている。

名前と場所を教えたから、ここがホテルの高級レストランであることを知り、それに相応しい格好をしてきたのだろう。

美千代は濃紺の背中のひろく開いたドレッシーなワンピースを着て、ハイヒールを履いていた。

ドレスには片側に深いスリットが入っていて、足を組むと、肌色のパンティストッキングに包まれた太腿がかなり際どいところまで見えた。

髪も盛ったようにアレンジされていて、この前見た美千代とは、別人のようだった。

とくに、こうして正面に間近で、巨乳と呼んで差し支えのない胸のふくらみがドレスの襟元からのぞいているのを見ると、ついつい視線が引き寄せられてしまい、それをふせぐのが大変だった。

貴志はコースで出てくるフレンチを口にしながら、資金の運用、投資の仕方やいろいろな商品を教えた。

美千代は真剣な表情でそれを聞き、わからないところは訊いてくるから、本心から知りたがっていることがわかって、貴志もついつい一生懸命になってしまう。

コースが終わる頃には、ボトルで頼んでおいた赤ワインが効いているのか、美千代のミルクを溶かし込んだような肌がかすかにピンクに染まり、目の縁も朱色に染まっていた。

デザートを食べ終えて、二人は店を出た。

本来なら、このまま美千代と別れるか、送っていくのが紳士だろう。しかし、たわわな胸のふくらみと、スリットからのぞくむっちりした太腿がそれを許さなかった。

「最上階にスカイバーがあるから、少しつきあってください」

誘うと、美千代が言った。

「でも、時間的に終電を過ぎてしまうので……」

「いざとなったら、タクシーで送っていきますよ。さっき話した証券のことで、もう少し話しておきたいことがありますしね」

貴志は必死に美千代を止めようとしていた。

「……そうですか。それでは、お言葉に甘えて、もう少しだけ……でも、わたしお酒に弱いから、ちょっと心配だわ」

美千代が顔を両手で押さえた。

「大丈夫ですよ。俺がちゃんと送り届けますから」

貴志は美千代をエスコートし、迷った末に思い切って腰に手を添え、エレベーターホールに向かった。

腰に当てた手のひらから、何か途轍もないエネギーが伝わってきて、それが、ズボンの下の下腹部を熱くさせた。

父の後妻だった女性に、自分は今、邪《よこしま》な思いを抱いてしまっている。

（あってはならないことだ……しかし、あの人はもうこの世にはいないのだ。こんな美しい人を残して、あの世に行ってしまった……この女盛りで、夫を亡くしたら、寂しくてたまらないだろう）

スカイバーで都心の夜景を眺めながら、カウンターで美千代とともに呑んでいると、それだけで、自分が若い頃に戻ったような気がする。

美千代は相続の件にはいっさい触れようとしないから、自分を籠絡して、遺言に従わせようなどという気持ちはないのだろうと感じた。

それに、美千代との会話は愉しかった。

美千代は聞き上手で、求められるままに、資金の運用の仕方や、自分の過去のことを話した。

母親と父の離婚のことや、両親が別れてからの生活を話していると、それまで誰にも話さなかったことまで、打ち明けることができた。

美千代は心がひろく、包容力もあって、貴志は話していくうちに、どんどん自分が惹かれていくのを感じた。

ドレスの襟元からのぞくたわわすぎる二つの球体、深いスリットから見えるむっちりとした太腿……。

貴志は、美千代に呑みやすくアルコール度数の高いカクテルを何杯も呑ませ、自分も強いウイスキーを呑んだ。

美千代は自分でも弱いと言っていたように、途中から顔が真っ赤になって、「酔っていますから、もう無理です」と断ろうとした。それを、強引に呑ませた。

スカイバーがクローズして、店を出たとき、美千代の足元がふらついた。

「大丈夫ですか？」

「はい……すみません。タクシーに乗せていただければ、帰れますから」

「心配ですね。部屋を取りますから、そこで休んで、明日の朝に帰ればいい。お仕事はされてないんでしょ?」

「いえ、それはいけません……そんなこと勿体ないです」

「父の妻だった方を邪険には扱えませんよ。お願いですから、言うことを聞いてください」

そう言って、貴志は二階のフロントで部屋を取り、美千代とともにエレベーターで二十八階まであがった。

「本当に、ここまでされたらわたし、どうしたらいいのか……」

美千代が恐縮する。

「無理に呑ませたのは俺ですから、責任は取らせてください」

そうこじつけて、エレベーターを降り、取った部屋のキーを開けて、二人でなかに入った。

夜景のよく見えるダブルの部屋だった。

カーテンを開けて、二人で窓から夜景を眺めた。

大きく開いた美しい背中を見ているうちに、ふいに強烈な欲望がうねりあがってきた。そのとき、

「お帰りにならなくて、大丈夫ですか？」

美千代が窓に映った貴志を見た。

「帰ってほしいですか？」

「いえ、そんなことは……できれば、このまま……でも、貴志さんには奥様が」

その言葉が、貴志の心に火を点けた。

「関係ないですよ」

抑えきれない欲望に突き動かされて、後ろから美千代を抱きしめていた。

「あっ……」

一瞬、美千代は身体を逃がそうとした。だが、ぎゅっと抱きしめて、胸のふくらみを手のひらでつかんで引き寄せると、

「ぁあぁうぅぅ……」

美千代はもう抗うことは諦めたのか、完全に身を任せてきた。

そのとき、貴志は既視感に襲われた。

この前、二人で逢って、もう一度逢う約束をしたときから、こうなるような気がしていた。

（やっぱり、こうなったか……）

貴志は前にまわって、美千代を見た。

アーモンド形の目がじっと貴志を見あげ、ふっと閉じられた。

キスを受け入れるときの表情だった。

貴志も顔を傾けて、唇を押しつける。その瞬間に、イチモツがむっくりと頭を擡《もた》げてきた。

美千代は受け身でじっとして動かない。貴志のほうから、誘った。

ルージュの光る唇を舌でくすぐり、口腔に差し込むと、ようやく美千代の舌がからんできた。

舌と舌を重ね、舌先でくすぐる。

すると、美千代の唇が開いて、喘ぐような息が洩れた。

美千代の吐く息にはかすかにカクテルの甘い香りがこもっていて、それを吸い込みながら、舌をからめていくと、美千代の身体から力が抜けて、支えていないと座り込みそうになった。

(すごく感じるんだな……女盛りなのに、父が亡くなって、身体が男を求めているんだろう……力が抜けていくのは、エクスタシーを身体が知っている証拠だ)

ぐったりと凭《もた》れかかってくる美千代を、そっとダブルベッドに寝かせた。

「ゴメンなさい。こんなつもりじゃなかったんですよ」

美千代が言い訳がましく言って、恥ずかしそうに貴志を見た。

「もちろん、俺が悪いんです。俺が強引に美千代さんを酔わせて、連れ込んだ。すべて俺のせいです。あなたは悪くない……」

言い聞かせて、貴志はふたたびキスをした。

片方のハイヒールが脱げ、ドレスの裾がめくれあがって見える、肌色のパンティストッキングに包まれた太腿が悩ましい。

唇を重ね、ディープキスをしながら、髪を撫でると、途中から美千代が積極的に舌をつかいだした。

男の情愛に応えて、一生懸命に舌をからませて吸う美千代を、心から愛おしい存在に感じた。

貴志はキスをやめて、美千代のドレスの肩紐を外して、おろしていく。

腕から抜いて、もろ肌脱ぎにすると、カップ付きドレスが腰までさがった。

こぼれでてきた胸のふくらみに、貴志は圧倒された。

長い人生で初めて目にするたわわすぎる乳房だった。おそらく、ＥかＦカップだろう。大きいだけでなく、形もいい。

直線的な上の斜面を下側の充実したふくらみが押し上げて、支えている。そのために、幾分中心より上についているように見える。しかも、乳首は鮮やかなピンクで、乳首がツンと頭を擡げていた。

美千代がとっさに乳房を手で隠して、顔をそむけた。

「いや……大きすぎるでしょ」

「いや、最高ですよ。大きいし、きれいだ」

貴志は美千代の両手をつかんで開かせ、あらわになった巨乳にしゃぶりついた。尖っている乳首を頬張った瞬間、

「はうぅぅ……！」

美千代はびくんとして、顎をせりあげる。

柔らかな肉層が指にまとわりつきながら形を変える。その頂上に舌を上下に走らせると、見る見る突起が硬くしこってきて、

「ぁああ、ああうぅぅ……いけません。こんなこと、いけません。貴志さんには、奥様も娘さんもいらっしゃいます。それに、わたしは少し前まで、あなたの義理のお母さんだったんですよ」

そう言って、美千代が貴志を突き放そうとする。

「家族のことは関係ないです。それに、あなたが父の妻だったのも過去のことだ。今はひとりでしょ？　俺はこのことを絶対に誰にもしゃべらない。あなたもそうしてほしい。そうすれば、誰にも知られない。ばれなければ、不倫にはならない。父が犯した最大の過ちは不倫を母に知られてしまったことだった。俺はそう思ってきた。だからと言って、不倫をしたことはない。あなたが初めてだ。美千代さんなら、信用できる。そう判断した」

心にあったことを話すと、気持ちが楽になった。

形のいい巨乳をたっぷりと揉みしだき、乳首を舐めて、吸った。

チューッと強く吸い込むと、

「ぁあんっ……！」

美千代は顎をせりあげて、艶かしく喘ぐ。

こうやって、乳首を吸われることが好きなのだろう。

片方のふくらみを荒々しく揉みしだきながら、もう一方の乳首を断続的に吸う。

「あっ……あっ……はうぅぅ……許して。もう許してください……それ以上されると、おかしくなってしまう。抑えられなくなる」

美千代がうれしいことを言う。

「抑えなくてもいいんですよ。それに、俺はこの秘密を絶対に公にはしません。安心して、身を任せてほしい」

そう言いながら、貴志は左右の乳首を巧妙に舌と指で愛撫する。

妻とは完全にセックスレスで、もう一年以上、抱いていない。他の女とのセックスもしていない。

貴志は、父の残していった若く、美しい未亡人によって、自分が往事の旺盛な性欲を取り戻しているのを感じる。

もう片方の乳首も舌を上下左右に這わせ、もう一方の乳房を揉みしだいた。

濃いピンクの乳首はさっきと較べると、カチンカチンに勃起し、指で転がしても、エレクトしきっており、そこを指と舌で繊細に攻めると、

「ぁああ、ぁあああうぅ……」

美千代は顎をせりあげて、気持ち良さそうに顔を振る。

「寂しかったんですね？」

貴志は唇を乳首に接したまま、訊いた。

「ええ……寂しかったわ」

「これからは、俺に父の替わりをさせてほしい。俺はよく、父に似ているって言

われるんですよ」

「そうね。確かに、貴志さんはお父さまに似ていらっしゃる。だから、こうしていても……」

貴志は嬉々として、ワンピースを脱がしていき、足から抜き取った。

肌色のパンティストッキングから、濃紺のパンティが透けだしている。

パンティストッキングを脱がして、濃紺のハイレグパンティに顔を寄せた。

そこにはすでに濃密な性臭がこもっており、基底部に舌を走らせると、

「ぁああ、いや……恥ずかしいわ。シャワーを使わせてください」

と、美千代が訴えてくる。

「そんな必要はない。あなたのここはいい匂いがする」

貴志は香りを嗅ぎながら、基底部を指でなぞった。

すでに湿っているパンティの溝に沿って指を走らせると、柔らかく沈み込む部分があって、

「ぁあああ……いや、恥ずかしいわ……あうぅぅ」

美千代が腰をよじった。

何度もさするうちに、美千代は指の動きに合わせて微妙に腰を揺するように

なった。見ると、基底部の皺の一部に楕円形の小さなシミが浮き出ていた。

その変色した部分を指先でつんつん突くと、

「んっ……あっ……ダメです、そんなこと……ダメです……んっ、あっ……はううぅ」

美千代は最後に艶かしく喘いで、もっととばかりに腰をくねらせる。

我慢できなくなって、貴志はパンティを一気に引き下ろして、足先から抜き取った。

「やっ……！」

美千代が膀間を手で隠して、膝を引き寄せた。

その足をつかんで開き、あらわになった翳りの底に顔を埋める。

馥郁《ふくいく》たる匂いがして、その甘い芳香が貴志をいっそうかきたてた。

見ると、狭間もふっくらとした肉びらもしとどな蜜でぬめ光って、妖しいほどにてらついていた。

（いかにも具合の良さそうなオマ×コだな……）

三十九歳になる妻とはセックスレスだから、クンニをするのも、ひさしぶりである。

あふれだした蜜を舐めとるように狭間に舌を走らせると、ぬめっとしたものが舌にからみついてきて、

「ぁあああ……うぅぅ」

美千代が気持ち良さそうに声を弾ませる。

狭間を丹念に舐めてから、上方のクリトリスを舌で愛撫する。

比較的大きな肉真珠の皮を剝がして、転がすように舐めつづけると、

「ぁあああ、ああああ……いいの……いいのよぉ……」

美千代は足を踏ん張って、繊毛を擦りつけてくる。

3

貴志は指も使って、右手の中指で膣口をなぞった。円を描くように入口を擦ると、美千代の気配が変わった。

「ぁああ、貴志さん……わたし、もう…もう……」

「どうしたんだ？」

「ああ、言わせないで……女から言わせないで」

「したいんだね？　嵌められたいんだね？」

「……はい」

「その前に、あれをしゃぶってもらっていいかな？　舐めておいたほうが、すべりがいいだろうし……ダメか？」

「……かまいませんよ。あまり上手くはないと思いますが……」

「いいんだよ。あなたにしゃぶってもらえるだけで、幸せだ」

貴志はベッドにごろんと仰臥《ぎょうが》する。

すると、美千代は足の間にしゃがんで、真下からいきりたつものを握って、てらつく亀頭部にちゅっ、ちゅっとキスをした。

それから、丁寧に亀頭部を舐め、根元から裏筋を舐めあげてくる。その間も、舌を自在に操って、刺激に変化を加える。

さっき、フェラチオは上手くないと言ったが、あれは何だったのだろう？

メチャクチャ達者だ。

しかも、父が亡くなってからはセックスしていないはずだから、ひさしぶりのはずだ。それなのに、このテクニックは？

（そうか……この達者なフェラに、父はころっと参ったんだろうな）

男も晩年になったら、挿入行為よりもフェラチオのほうが楽であり、いっそう重きを置くのではないだろうか？

美千代は貴志の足をあげさせて、赤子がオムツを替えるような格好を取らされた。と、美千代は睾丸からさらに下へと舐めおろしていって、会陰を丁寧に舐めてくる。

驚いたのは、さらにその下側へと舌を這わせていったことだ。

なめらかな舌が肛門の周りをちろちろっと躍り、ぬめっとした肉片がそこにわずかに触れると、分身がビクッと躍った。

そして、一本芯が通ったようにギンとしてきたものを、美千代はすかさず上から頰張ってきた。

力が漲っているものを、唇と指でずりゅっ、ずりゅっと大きくしごかれると、熱い情感がせりあがってきて、もう一刻も早く入れたくてたまらなくなった。

「もう入れたくなった。できたら、上になってくれないか？」

せかすと、美千代はうなずいて肉棹を吐き出し、

「あまり見ないでくださいね」

そう言って、おずおずと下半身にまたがってきた。

M字に足を開き、いきりたつものを導いて、沼地に擦りつけた。ぬるっ、ぬるっとすべって、

「ぁああ、気持ちいい……これだけで気持ちいい……」

うっとりとしていい、動きを止めて、屹立の先を膣口に押し当てた。それから、ゆっくりと沈み込んできた。

腰を落とすと、マラが温かい沼地を押し広げていき、次の瞬間、奥へとすべり込んだ。

「うはっ……ぁああ、硬い、大きい……ぁああ、すごい、くうぅぅ！」

そう言って、美千代はのけぞり、動きを止めた。

上体を垂直に立てたところで止まっているのに、膣の内部がひくひくと勃起を締めつけてきて、それがすごく気持ちがいい。

美千代はしばらくすると、腰を前後に振りはじめた。

膝はぺたんとベッドについたまま、柔軟な肢体を前後に揺すって、

「ぁああ、ああぁ、気持ちいいです……貴志さんのすごくいい……ぴったりよ。ぴったり合うの。ぁああ、おかしくなりそう。良すぎて、おかしくなる……ぁああ、あうぅぅ」

美千代の腰振りがだんだんと速く、大きくなり、それが彼女の言葉が真実であることを伝えてくる。

貴志は分身が揉みくちゃにされる快感をこらえて、美千代に見とれた。

品のあるやさしげな顔が今は快楽にゆがんでいる。

全体に華奢なのに、間違った部品をつけたのではないかと思うくらいにたわわすぎる巨乳がせりだしていた。

ウエストはきゅっとくびれているのに、ヒップは豊かだ。

この恵まれた容姿と肉体があれば、男などイチコロだろう。

ものはとらえようで、父はきっと幸福な晩年を送っていたに違いないと感じた。

そして、自分もこれから至福に満ちた人生を送れそうな気がする。

美千代が後ろに両手を突いて、のけぞった。

その姿勢で腰を前後に揺すって、しゃくりあげる。そのたびに、肉棹が膣でしごかれて、歓喜がうねりあがってきた。

そして、それをする美千代のいやらしい姿と言ったら……。

清楚な顔立ちからは想像できない、グレープフルーツを二つくっつけたような巨乳が揺れている。M字に開かれたむっちりとした太腿の奥では、貴志のイチモツが細長い翳りの底に出入りするさまがはっきりと見える。

自分の分身が、これほどの儚げな美女の体内をズブズブと犯しているという事実がどこか現実だとは思えない。

「気持ちいいですか？」

腰を振りながら、美千代が訊いてきた。

「ああ、気持ちいいよ。それに、俺のチ×ポが美千代さんのオマ×コに入っていくのがよく見える。最高だよ。最高のセックスだ」

思わず言うと、美千代はうれしそうに微笑んで、また上体を立てた。

両手を胸板に突いて、蹲踞の姿勢になり、尻の上げ下げをはじめた。

最初はゆっくりだった上下動が徐々に活発になり、ついに美千代は上で弾んで、

「あんっ、あんっ、あんっ……ぁあああ、もう、もう無理です……」

訴えてくる。たわわで形のいい乳房が大きく波打っている。

「じゃあ、そのままじっとしていて」

蹲踞の姿勢で動きを止めさせて、貴志は下から突きあげる。

ぐいっ、ぐいっ、ぐいっと連続して腰を撥ねあげると、屹立が熱く滾った女の細道を擦りあげていって、

「あんっ……あんっ……あんっ……ぁあぁ、イキそう。ゴメンなさい。わたし、もうイクぅ」

美千代がぎりぎりの状態で訴えてきた。

(やはり、感度抜群だな。もう昇天しようとしている。初めてだ。こんなに敏感な女性は初めてだ……！)

「行くぞ。イッていいからな。俺に身をゆだねてほしい。大丈夫、俺はきみをしっかり受け止める。だから、いいんだ。すべてをさらしても……」

そう言って、つづけざまに下から突きあげたとき、

「あん、あんっ、あんっ……イキます……いやぁあああぁ、ぁぁぁ、くっ！」

美千代は大きくのけぞってから、どっと前に突っ伏してきた。

だが、貴志は射精していないから、まだまだ元気だ。

倒れ込んでぐったりしている美千代を下から抱き寄せて、さらに、突きあげた。

背中と腰に手をまわして、抱き寄せながら、ぐいぐい腰を撥ねあげると、美千代はエクスタシーから回復して、

「ぁあ、信じられない。強いわ、強すぎる……いやいや、こんなことされたら、

離れられなくなる。許して……お願いです」

淑やかな未亡人にそう言われると、逆に貴志は昂奮した。

「許しませんよ。何度でもイクんです。気を失うまで、つづけます」

耳元で囁いて、猛烈に突きあげた。

死に物狂いで、つづけざまに撥ねあげると、ギンとしたものが美千代の体内を犯していき、

「あんっ、あん、あんっ……イキます。わたし、またイク……イッていいですか?」

美千代が訊いてきた。

「かまいませんよ。イキなさい。何度でもイクんです」

美千代の身体が浮き上がるほど強く突きあげたとき、

「イキます……いやぁあああぁぁぁぁ、くっ……！」

美千代がギュッとしがみつきながら、身体をのけぞらせた。

二回つづけて気を遣って、ふらふらになった美千代を仰臥させて、貴志は上になって、屹立を打ち込んだ。

折り重なるようにして、美千代の巨乳をつかみ、揉みしだいた。

手のひらのなかでたわむ肉層を感じながら、ぐいぐいと揉みあげる。そのふっくらとした塊が形を変えて、指にまとわりついてくる。

神々しいほどのピンクの乳首にしゃぶりついて、れろれろっと転がした。

それから、吸う。しゃぶりながら腰をつかうと、それがいいのか、美千代が両手でシーツを鷲づかみにする。

乳首を甘噛みして、屹立を押し込むと、美千代の気配が変わった。

「ぁあああ、痛い……許して……許してください……はうぅぅ」

口ではそう言いながらも、美千代はうっとりと眉根をひろげて、陶酔したような顔をしていた。

それに、ぎゅっと甘噛みすると、あそこが強く締まるのだ。

たまらなくなって、貴志は巨乳を揉みしだきながら、乳首を甘噛みする。

すると、膣も強烈に侵入者を食いしめてくる。

貴志はその行為に夢中になった。

どんどん硬くせりだしてきた乳首を甘噛みしながら、腰をつかって勃起を打ち込んだ。

ぎゅんぎゅん締まってくる肉路をこじ開けるように行き来させていると、さすがにこらえきれなくなった。

最近はセックスレスで、出すときはもっぱら自分の指が恋人だった。

だが、今、自分は女性のなかに出そうとしている。しかも、相手は父の後妻だった三十二歳の美人だ。

貴志はそのことで、これまでコンプレックスを抱いていた父という存在を乗り越えられそうな気がした。

「おおぅ、出そうだ！」

言うと、美千代が思わぬことを言った。

「ください。ピルを飲んでいるから、中出ししても大丈夫です」

「いいのか？」

「ええ、平気です。わたしを信じて」

「よし、出すぞ」

「はい……ください。あんっ、あんっ、あんっ……ぁああ、貴志さん、出して。わたしのなかに出して」

美千代が下から訴えてきた。

解かれた髪は乱れて、顔にかかり、アーモンド形の目は潤んでいて、涙ぐんでいるようにも見える。

そして、打ち据えるたびに豪快に揺れる巨乳――。

(俺は……この女に……)

たわわな乳房を鷲づかみにして、最後の力を振り絞った。つづけざまに深いところに叩き込んだとき、射精前に感じる下腹部の熱を感じた。

吼えながら、がむしゃらに叩きつけた。

ぐいぐいっと奥まで届かせたとき、

「イク、イク、イッちゃう……ください。ぁあああ、来るぅ……いやぁああああああああ」

美千代が今日三度目の絶頂の声をあげ、次の瞬間、貴志も目くるめく快感に押しあげられていた。

4

その夜、貴志は父の家だった豪邸に来ていた。

貴志はこの夜、妻には出張で大阪に行くからと、ウソの情報を伝えてある。

こんなことをしてはいけないことはわかっている。

だが、一回の情事で、貴志は美千代の肉体の虜になった。

ホテルの夜から十日経つのだが、その間も美千代を抱いたときの感触がよみがえってきて、居ても立ってもいられないような焦りを感じてしまうのだ。

こらえきれなくなって、この日に逢いたいと美千代にせまったところ、いろいろと用事があるので、家にいらしてくださるなら、一晩一緒に過ごせると言われて、嬉々としてやってきた。

二十歳になるまではこの家に住んでいた。あれから、修繕や改装はしているものの、基本的には変わっておらず、懐かしさが込みあげてきた。

美千代は夕飯を手料理で歓迎してくれた。

そして、二人が風呂に入り、出たところで、美千代がこう提案してきた。

「この前のときにおわかりになったと思いますが、わたしにはマゾっけがあるんです。それで、今夜はお願いがあるんですが……」

「何ですか？」

「わたしを犯していただけませんか？」

「……犯すんですか？」

「はい……レイプしてほしいんです。もちろん、前回二人は合意のもとで情を交わしたのですから、今更レイプかという気持ちもわかります。ですが、本当に恥ずかしい話なんですが、無理やりされたほうが感じるんです。ですから……」

「かまいませんよ。俺もどちらかと言うとSなので……」

「ありがとうございます。あと、どうせなら、本気で犯していただきたいのです。もちろんプレーですが、途中で妙なやさしさや気遣いをされると、わたしのほうのテンションがさがってしまうので……どうか、その点だけは……」

「わかりました。何か、愉しみですよ。では、どこでしますか?」

「そうですね……わたしの寝室で。元は夫婦の寝室なんですが……そこで、貴志さんは貴志さん自身を演じていただきたいのです。たとえば、生みの母を裏切り、あげくに後妻に入ったわたしに腹を立てて、わたしをレイプするというような」

「なるほど。面白いですね。いいでしょう。やりましょう」

「ありがとうございます……つきあっていただいて」

「じゃあ、早速やりましょう。寝室は二階でしたね」

「はい……」

二人は二階の角部屋に行き、そこで、美千代は白い総レースのシースルーのネグリジェとパンティだけになった。

照明をもっと暗くしたほうがいいのではと、貴志が提案したところ、

「そうなんですが……男の人はレイプする女性の表情などを一部始終みたいでしょうから、明るいほうがいいのではないでしょうか?」

と、うれしいことを言う。

それならと明るいままにした。

「わたしが眠っているふりをするので、押し入ってきてください」

「わかりました」

「ああ、これでわたしの腕を縛ってもかまいません」

と、美千代はバスローブの紐を渡して、言った。

「では、きっちり五分後に踏み込んできてください」

「そうします」

貴志は違和感がないようにズボンとワイシャツを着ている。そこまでリアルにしなくてもいいと思うのだが、美千代にそうするように提言されたのだ。

部屋の前で集中した。

自分は母を追い出した憎き、若い後妻を懲らしめるのだと自分に言い聞かせた。

きっちり五分後に、貴志は静かにドアを開けて、部屋に入っていく。

父との寝室だった部屋には、大きなダブルベッドが置いてあり、そこにノースリーブのネグリジェを着た女が、向こうむきに横たわっていた。

布団はかけずに、尻をこちらに向けて横臥しているから、白いシースルーの素材から白いパンティが透けて見えた。

近づくにつれて、心脈の鼓動が速くなり、股間に力が漲るのが感じられた。

ベッドの前で衣服を脱いで、真っ裸になると、分身が力強くいきりたっているのがわかった。

不肖の息子がこの前、美千代を抱いたときの具合の良さを覚えているのだ。

そっとベッドにあがって、美千代を仰向かせると、美千代はカッと目を見開いて、貴志を見て、声をあげようとした。

その口を手でふさいで、言った。

「声を出したら、殺すぞ。窒息死させてやる。それがいやなら、従え。いいな」

口を手のひらで押さえて、きっちり言うと、美千代が恐怖の表情を浮かべながらもうなずいた。

「何をされても、手を頭の上にあげていろよ」

美千代をベッドに仰向けに寝かせて、白いネグリジェごと乳房を揉みしだき、その頂にポツンとせりだしている乳首を舐めた。

「いやです……やめてください……やめて……」

美千代が顔を左右に振る。

貴志が舌を上下左右に這わせるうちに、唾液がしみ込んで、ピンク色の突起が透けだした。いっそう顕著になった突起を舐め転がし、吸い、もう一方の乳首を指でつまんで転がした。

そのとき、美千代の気配が変わった。

「いやです……いや……いや……はうぅぅ！」

乳首を強めにねじったとき、美千代は顎をせりあげて喘ぎ、がくん、がくんと震えた。

痛さだけのせいではない。そこには明らかに歓びの色が混ざっていた。

（ああ、やはり、美千代さんはマゾなんだな）

布地の上からでもそれとわかる巨乳を荒々しく揉みしだき、頂上の突起に吸いつき、しゃぶった。

それをつづけるうちに、美千代は完全に陶酔している様子で、

「ぁあああ、あうぅぅ……」

うっとりした声をこぼす。

ネグリジェを頭から脱がせた。こぼれでてきた見事な巨乳に見とれた。

そこで、ああ、縛らないとと思い出し、美千代に両手を前に突き出させて、手首を合わせて、腰ひもでグルグル巻きにして、ぎゅっと結んだ。

「手を頭の上にあげて……そうだ。そのまま、おろすなよ」

命じると、美千代はおずおずと両手を頭上にあげた。

貴志はふたたび乳房にしゃぶりつき、揉みしだきながら、乳首を舐め、吸った。

そうしながら、右手をおろしていき、下腹部へと届かせる。

漆黒の陰毛はすべすべで密生していて、その流れ込むあたりに指を届かせると、そこはすでに潤んでいて、ぬるっとした粘膜が指にからみついてきた。

「ぬるぬるじゃないか……父がいなくなって、ここが寂しかったんだろ？　父をこいつで虜にしたんだろ？　四十歳も年上の男を手のひらで転がしていたんだろ？　よかったじゃないか。早めに死んでくれて。本当は、早く死んでくれてよかったと思ってるんだろ？」

濡れ溝をいじりながら言うと、

「違います！　重蔵さんのことが好きでした。だから、結婚したんです。財産目当てじゃありません！」

美千代がはっきりと言ったので、さすがに少しむかっときた。

「ウソをつくな。本当は財産をもらったら、誰か若い男でも引きずり込むつもりだろ？　お金はあるし、この家で、好きなだけやれるものな」

「違います。そんなこと、考えたこともありません！」

「よく言うよ。身体を起こせ」

貴志はベッドに立ちあがって、美千代の髪をつかんで上体を起こさせる。

前にしゃがませて、強引に勃起を口に押し込んでいく。

美千代はいやがっていたが、結局はそれを口腔におさめて、つらそうな顔で見あげてくる。

その迫真の演技に、貴志はサディズムをかきたてられた。

顔を両側から押さえて、腰を振って、いきりたちを押し込んだ。

美千代は苦しそうな顔をしながらも、じっと見あげてくる。

野太く成長した肉柱がずりゅっ、ずゅっと唇を犯し、美千代は時々、えずきながらも、頬張りつづけていた。

ひとつにくくられた両手をだらりとさげて、されるがままにイラマチオされて、怒張を受け入れている。

乱れた髪、まくれあがった唇……むんむんとした女の色気がこぼれて、もっといじめたくなる。

貴志は後頭部に手を添えて、ぐいと引き寄せながら、思い切り下腹部を突き出した。

いきりたつものが口腔深くの喉を突いたのだろう、美千代が苦しげにえずいた。

かまわず、切っ先を喉奥に突っ込むと、

「うがっ……！」

美千代はすごい力で後ずさり、えずき、噎せ返る。

涙目でこちらを見る美千代を後ろに倒して、膝をすくいあげた。

恐ろしいほどの角度でそそりたつものを、翳りの底に埋め込んでいく。

入口は狭いのに、なかはどろどろに蕩けていて、一気に押し込むと、根元まですべり込んでいって、

「はうぅぅ……！」

美千代が痛切な声で顔をのけぞらせた。

こちらが命じる前に、すでに自分から両手を頭上にあげていた。

腰ひもでひとつにくくられた両腕があがって、腋の下があらわになり、スレンダーなのにEカップの巨乳が自己主張していた。

(最高の女だ。これ以上の女はいない。父がそうしたように、俺もこの女のためなら何だってするだろう)

そう思いながら、膝の裏側に手を添えて、開きながら押しつける。

大きくハの字に開いた足の付け根に、自分のいきりたった分身が突き刺さり、抜き差しをすると、なかから濁った蜜がすくいだされて、尻のほうへと伝っていく。

「あっ……あっ……」

美千代が愛らしい声を出している。

「あんなにいやがっていたのに、あっと言う間にかわいい声をあげて……どうしたんだ？　さっきのは何だったんだ？　そうか……父の年取ったやつでは満足できなかったんだな？　いいぞ。これからは、息子の俺が替わりをやってやる。美千代の寂しかったオマ×コを満たしてやる」

そう言っているうちに、貴志は自分が昂奮してくるのを感じた。

すらりとした足を肩にかけて、ぐいと前傾した。

すると、美千代の身体が腰からV字に折れ曲がって、貴志の顔のほぼ真下に美千代の顔が見えた。

両手を頭上にあげたまま、苦しそうに眉根を寄せている。

貴志は両手をシーツに突いて、バランスを取り、体重を乗せた一撃を叩き込んでいく。

上から打ちおろしながら、途中からすくいあげるようにして軌跡を変える。

すると、切っ先が膣のGスポットを擦りあげながら、奥にも届いて、それを繰り返していると、美千代の気配が変わってきた。

この体位は挿入が深い。

ぐいっと打ち込むと、

「あんっ……！」

美千代は顔をせりあげ、膣のなかを引いていくと、亀頭冠が粘膜をひっ掻いていき、

「ぁあああああ……」

美千代は陶酔した声を長く響かせる。

髪をざんばらに乱した美千代が美しい表情を変えて、つらそうに眉根を寄せたり、反対に気持ち良さそうに眉根をひろげたりする。

その変化していく表情を眺めながら、深く、深く突き刺していると、射精前に感じるあの逼迫した感覚が押し寄せてきた。

普段はこんなに早く射精しない。

おそらく、レイププレーで心身ともに昂っているのだろう。

だが、最低限、美千代をイカせてから、射精したい。

貴志は奥歯を食いしばって、打ち据えていく。

ぐいと奥まで挿入して、そこでぐりぐりと子宮口を捏ねた。すると、内部の扁桃腺に似たふくらみがカリにまとわりついてきて、ぐっと性感が高まる。

それは美千代も同じなのだろう。

捏ねてから、抜き差しを繰り返していると、美千代の洩らす声が変わった。

「ぁああ、あああ……おかしいの。おかしいんです」

「何がおかしいんだ?」

「……イキそうなんです」

美千代がぼそっと答えた。

「イキそうって言ったよな」

「……知りません」

「言ったよな」

「はい、言いました……」

「そうか、森塚美千代はレイプされても気を遣る女なんだな。いいぞ。イッていいぞ。何度でもイケよ」

貴志はスパートした。

肩に両足を担ぎながら、ぐいと前に体重をかけ、上から思い切り打ちおろしていく。

ピタン、ピタンと乾いた音がして、そこに、

「あんっ……あんっ……あんっ……！」

美千代の甲高い喘ぎが混ざった。

強く打ち込むと、美千代は上へとずれていき、腰をつかんで引き戻し、また打ち据える。

「あんっ、あんっ……ぁああ、いや……いよや、こんなの……イキそうなの。わたし、犯されているのにイキそうなの」

美千代が訴えてくる。

「そういう女なんだよ。美千代は犯されて、イク女なんだよ。俺も、出すぞ……」

貴志は最後の力を振り絞った。

息が切れはじめていた。今だ。この瞬間にすべてを注ぎ込んで、美千代と一緒に頂上へと昇りつめるのだ。

吼えながら、叩きつけた。

放ちそうだ。熱いものが込み上げてきている。俺だけでなく、美千代と一緒だ。

同時にイクのだ。

「イケよ。今だ……出すぞ!」

「ぁあああ、イク、イク、いっちゃう……いやぁあああああぁぁぁぁ、くっ!」

美千代は頭上の指を組み合わせて、がくんと顎をのけぞらせた。

(よし、今だ!)

貴志はぐいと深いところに打ち込んで、子宮口を捏ねた。そのとき、体のなかで小爆発が起こった。

放ちながら、あまりの快楽で自分がどこかに舞いあがっていくようだった。

しかも、放出する間、美千代はイキつづけていた。

出し尽くしたとき、貴志は自分がからっぽになったようで、足を肩から外して、女体に覆いかぶさっていった。

# 第四章　透け出る乳首

## 1

森塚久司はワンルームマンションの自分の部屋で、テレビゲームをしていた。

くだらないゲームをしながら、時計を見る。

午後六時、そろそろ森塚美千代が来る頃だ。

自分たち兄弟を捨てた父が、再婚した相手だ。

父の葬儀で初めて見たが、いかにも哀れな未亡人でございます、という様子で涙を拭っていた。

父と四十歳以上も離れていて、三十二歳だというが、どこか陰のある美人だった。

父はこの美貌と肉体に目が眩んで、再婚をしたのだ。

残りの人生をこの女に賭けたのだ。

そのことが、息子として猛烈に恥ずかしかった。

久司が生まれて間もなく、両親が離婚した。

それから、母親に育てられた。

その母親も亡くなった。大学を卒業して、久司は就職したものの、上司と大喧嘩をして、昨年会社を辞めた。

その後、働く気になれずに、今はこれまでの貯金と母が残してくれた遺産で、どうにか食いつないでいる。

現在、二十四歳。自分がダメ男であることはわかっている。だから、何とかしようとは思っている。

このままでは、兄の貴志にも会わせる顔がない。

焦っているとき、森塚美千代から連絡があった。相続のことだという。

法的には、自分が父の四分の一の遺産を相続できる権利があることは知っていた。

そのことかと思って嬉々として逢った。

父の残した財産は欲しかった。

しかし、美千代は父の遺言状には、財産はすべて配偶者、つまり、美千代に贈与すると書いてあるらしく、そのへんを遺言状の公開の前に了承しておいてほしいということだった。

久司はそれは認めがたい。自分も財産をもらう権利を有しているはずだ。

だから、それはきちんとした手続きをして請求すると主張した。

美千代はそれでもかまわないと言った。今回はそのことを一応報告しにきただけだから、とも。

訊かれるままに、久司は自分が今、金銭を必要とする状況を話した。

二十四歳で、勤めていた会社を上司との軋轢《あつれき》で辞めて、次の仕事も見つかっていないニート状態の久司に、美千代は同情してくれたようだった。

そして、今度久司のマンションを訪ねて、夕食を作ってくれると言った。

『いいですよ。そうやって俺を懐柔して、相続放棄をさせようとしても無理ですよ。俺は何があっても請求するものはしますから』

そうきっぱりと断ったのだが、

『そんなつもりはないから安心して……。わたしはこれからの人生を送っていけるだけのものをもらえればいいから、それほど遺産相続に固執しているわけではないの……それに、わたしはきみのお父さんの妻だったわけで、きみのことを完全な他人とは見られないのよ。久司さんは食べ物は何が好き？』

そう美千代に訊かれて、

『肉野菜炒めとか、味噌汁の家庭料理』

と答えると、

『それ、わたし得意だから、作らせて……いつ頃がいい』

ぐっと踏み込まれて、久司はついつい予定を答えていた。

その後も、遺産はすんなりと入らないようだし、何とかして職探しをしなくてはと、いろいろとあたっているが、まだ職は見つかっていない。

ゲームが一段落ついたところで、ピンポーンとチャイムが鳴った。

インターフォンで応答すると、美千代だった。

（来た……！）

なぜか、心が躍っていた。

ドアを開けると、スーパーの袋を抱えた美千代が立っていた。

その姿を見たときに、とても幸せな気持ちになった。

美千代がこれまで逢ったときとは違って、すごく家庭的で、心やさしい女に見えたからだ。部屋にあげると、

「思ったより、きれいにしているのね。根は几帳面なんだ。よかった……じゃあ、このキッチンを使わせてもらうね。包丁は……ああ、あるのね。調味料も揃っているのね。自炊するんだ？」

「ええ、けっこうします。でも、面倒なんで、レンジでちんが多いです。時々、炒めものや鍋をやる程度かな」

「そう……キッチンもきれいで、驚いたわ。久司さんは好きなことをしていて。その間に、肉野菜炒めとお味噌汁を作るから。ご飯は？」

「ああ、今、炊いている最中です。もう二十分もすれば炊けますよ」

「……やっぱり、きみは真面目で気が利くのね。じゃあ、休んでいて……よかったら、呑んでいて」

美千代が缶ビールを二本渡してきた。それから、美千代は持ってきた胸当てエプロンをつけて、キッチンに立った。

久司はテレビを見るふりをして、缶ビールを呑みながら、時々、その後ろ姿をうかがった。

髪を後ろでくくっているので、楚々としたうなじが見える。ストライプのエプロンがとてもよく似合っていて、腰で結ばれた紐がスカートに包まれた尻へと落ちている。

尻はぷりっと張っている。

それ以上に驚いたのは、さっきエプロンをつける前に見えた、半袖のニットを持ちあげる胸のたわわさだった。

もともと大きいとは感じていたが、伸縮素材のニットに包まれた胸のふくらみは尋常ではなかった。たぶん、それは体形がスレンダーなのに、胸だけが特別にデカいから、そのギャップのようなものに感激してしまうのだろう。

今も横を向いたときなどに、横乳の尋常でない高さがわかる。

美千代はすごく手際が良かった。

料理をし慣れている感じがした。妻として、毎日、父に手料理を振る舞っていたのだろう。

そう言えば、父は腹上死だったというウワサがあって、すごく恥ずかしかった。

同時に、美千代の上で腰を振っている父と喘いでいる美千代のセックスを想像してしまい、気持ち悪いと思うのと同じくらい昂奮したのを覚えている。

野菜を切る包丁の音が軽快に響く。ちょっと前屈みになって料理をする美千代の姿を見ていると、胯間に力が漲ってきた。

この部屋に、女性を入れたのは初めてだった。

だいたい、これまでつきあった女性は二人だけで、セックスだって二人としかしていない。

勤めていた会社でひとつ年上のOLとつきあっていた。肉体関係もあったが、久司が上司との軋轢で退社したときから、急にそっけなくなって、連絡しても返事は返ってこなくなった。

それから女性を抱いていないから、もう一年近くセックスから遠ざかっている。

久司は肉感的なヒップや、足はすらりとしているが、むっちりしている太腿を後ろから眺めているうちに、あれが勃起してきた。

ビールをぐいぐい呑みながら、ちらちらとうかがう。

美千代は肉と野菜をフライパンを返しながら炒めて、味をつけ、それから、同時進行していた味噌汁を温めて、火を止めた。

「お口に合うかどうかわからないけど……」

料理を二人用のキッチンテーブルに載せて、久司を呼んだ。

「いただきます」

久司は手を合わせてから、まず味噌汁を飲んだ。

美味しい！

わかめと豆腐の味噌汁だが、使っているのが赤味噌で、赤味噌は久司がいちばん好きな味噌だった。

「どう？」

「美味しいです！　赤味噌が大好きだし、出汁《だし》もすごく効いてる。わかめも分厚くて美味しいです」

「よかった。じゃあ、こっちも」

久司は豚肉が多めに入っている肉野菜炒めを口に運ぶ。

「どう？」

美千代が心配そうに顔を覗き込んでくる。

「すごく美味しいです。豚肉の甘さとシャキシャキした野菜の割合がちょうどいいです」

久司は嬉々として答えた。

お世辞ではなく、実際にそう感じたのだ。もしかしたら、母の作ったものより美味しいかもしれない。

「よかったわ。どんどん食べてもいいわよ。なくなったら、また作るから。材料はまだ余っているのよ」

美千代が微笑んだ。

美千代も自分で持ってきた食器で、ご飯と肉野菜炒めを口に運んでいる。

不思議な感じがした。

会食は初めてなのに、まったく初めてという気がしない。それに、二人は随分と前から知り合いだったような気がしてならない。

美千代はすでにエプロンを外しているので、半袖の白いニットをたわわすぎる双乳が盛りあげていて、ついついそのふくらみと、ニットのV字に切れ込んだ襟からのぞく隆起の丸みに視線を奪われてしまう。

食事をしながら、美千代が訊いてきた。

「職探しはどう?」

本気で心配してくれているようだ。

「それが、まだ見つからなくて……」

「そう……もしよかったら、うちの会社を売った建築会社に口利きしましょうか？」

「いえ……建築関係は俺、向いていないんで」

「そう……もしあれだったら、わたしが遺言執行人の弁護士さんに、久司さんにも遺産をまわすように頼んでみましょうか？」

美千代がまさかのことを言った。

「……いいんですか？　でも、美千代さんが受け取る分が減りますよ」

「かまいません。言ったでしょ？　わたしは今後の人生を送っていけるだけのものがあればいいって」

美千代がきっぱりと言ったので、久司はこの人は本物だ。心からやさしいのだと思った。

「……では、できたらお願いします」

「わかったわ。任しておいて」

美千代が小さく胸を拳で叩いたので、久司は自分の気持ちが一気に和らいでいくのを感じた。

上司との問題があってから、人を信用できなくなっていた。

その頑《かたく》なな心が、今の言葉でほぐれていく気がして、人の温かさを感じた。

「それに、もし邪魔でなければ、時々ここに来て、手料理を作らせて。わたし、子供もいないし、夫も亡くしたから……」

「……そうしてほしいです。心からそう思います」

「ありがとう、よかったわ……」

亡き父のことを思い出したのだろう、美千代が席を立って、キッチンで涙を拭くのが見えた。

2

二度目に美千代が部屋に料理を作りにきたとき、皿洗いを終えた美千代が帰宅の準備をはじめたので、久司は切り出していた。

「泊まっていってほしい」

「えっ……でも？」

「大丈夫だよ。何もしないから……正直言って、俺も寂しいんだ……ベッドの他に布団が一組あるから、それを敷くから」

「でも……」

「いいじゃないか。頼みます。本当に何もしないんで」

「……わかったわ。どうせ家に帰っても、誰もいないしね」

「じゃあ、お風呂を入れるよ」

久司は内心の喜びを押し隠して、バスルームに向かう。

一週間前の一度目の訪問で、食事のあとしばらくして美千代が帰宅したとき、久司は寂しくてたまらなかった。

だから、二度目の今日はどうしても泊まっていってほしかった。

それが、美千代を抱きたいためなのか、それとも、たんに添い寝してほしいだけなのか、自分でもよくわからない。

二人は別々に風呂に入り、美千代は着替えがないというので、久司が会社員時代に使っていた白いワイシャツを貸した。

久司は長身で手も長いので、美千代が白いワイシャツを着ると大きすぎて、裾でパンティが完全に隠れた。

しかも、美千代は寝るときはノーブラだったので、白いワイシャツを巨乳が持ちあげて、二つのぽちっとした突起が浮びあがっていて、途轍もなくエロいのだった。

すぐには眠れないので、二人はビールを呑んだ。

小さな卓袱《ちゃぶ》台のような座卓を挟んで、二人はビールを呑んでいたが、やがて、足が疲れるからというので、美千代だけがベッドの端に腰をおろした。

目の毒だった。

足をぴっちりと締めて、斜めに流している。

パンティは見えない。しかし、男物のワイシャツの長い裾からむっちりとした太腿が突き出している。

しかも、美千代はワイシャツの胸ボタンを上から二つ外しているので、角度によっては、たわわな胸のふくらみがほぼ見えてしまうのだ。

肉体関係ができてしまったら、マズいことはわかっていた。だから、なるべく見ないようにした。

それでも、話に夢中になった美千代が足を組むと、その途中で太腿の奥に、白い刺しゅうのパンティがのぞいて、久司の股間はいきりたった。

(ダメだ。ダメだ……このままでは、ヤバい)

これ以上、美千代のパンティを見ていたら、自分でも過ちを犯してしまいそうだ。

「そろそろ寝ましょうか」

久司は空いたスペースを作って、そこに布団を敷いた。

この薄い布団に美千代を寝させるのはあまりにも可哀相だったので、美千代にセミダブルのベッドを勧めて、自分が布団に寝た。

照明を暗くして、「お休みなさい」と目をつむった。

だが、ちっとも寝つけない。そもそも眠れるはずがないのだ。迷った末に、

「あの、添い寝してもらっていいですか？　ほんと、何もしませんから」

言うと、

「いいわよ。どうぞ、ここに……」

美千代がベッドの自分の隣を指した。

久司がベッドにあがると、

「ちょっと待って……明日の朝の目覚ましをセットするから」

美千代が自分のスマホをいじりはじめた。

(目覚ましって……何か予定が入っているんだろうか？)

久司が頭をひねっている間にも、セットを終えた美千代が、スマホをベッドの枕許に置いて、こちらに向かって腕を伸ばしてきた。

(普通は腕枕って、男が女にするものなんだけどな。だけど、二人の関係性から

いくと、こっちなんだよな)

久司が美千代の二の腕に頭を乗せると、美千代がもう片方の手で久司の髪を撫でてくれる。

こちらを向いた形で横臥しているので、久司も美千代のほうを向いた。

すると、目の前にボタンが上から二つ外されたワイシャツからこぼれでた巨乳がせまってきた。

これで何もするなと言うほうが無理だ。

久司はこちらを向いた乳房に顔を埋め込んだ。顔を擦りつける。と、豊かな弾力が感じられて、双乳がぷるんぷるんと動く。

「ダメよ、久司さん。そんなこと、許していないでしょ?」

美千代が言った。だが、本心からの言葉には思えなかった。

「ゴメン……だけど、これで何もするなというほうが無理だよ。美千代さん、少しでいいんだ。この胸を触らせてほしい」

「それ以上しないって約束して」

「わかった、約束する」

久司はふくらみの頂上にしゃぶりついた。白いワイシャツ越しに乳首を舐めて、吸った。

「んんっ……ダメ。久司さん、ダメだって言ってるでしょ？」

「だけど、乳首が硬くなってきてるよ。唾で濡れて、乳首が透け出てきた。もう少しだけ……」

久司は突起にしゃぶりついて、舐め転がした。

そうしながら、もう片方の乳房を荒々しく揉み込むと、

「あっ……ダメよ、それ以上はダメっ……あっ、んんんん……いやだって言っているのに……はうぅぅぅ」

美千代が明らかに感じているときの声を出して、のけぞった。

（やっぱり、美千代さんも欲しがっているんだ。父が死んで、ひとりだからな……寂しいから、きっとうちにも来てくれているんだ）

久司はワイシャツのボタンを下まで外した。

こぼれでてきた巨乳を見て、圧倒された。こんな大きくて、美しい乳房を実際に見るのは初めてだった。

くっきりしたピンクの乳輪から、尖った乳首がツンとせりだし、たわわなふくらみは張りつめていて、青い血管が根っこのように透けている。

こくっと生唾を呑んでいた。

魅入られたようにしゃぶりついていた。

充実したふくらみを揉みながら、先端を吸い、舐めた。じっくりと上下に舌を擦りつけ、左右に激しく動かした。

見る間にカチンカチンになった乳首を舌が弾くと、

「ぁあああ……いや、いや……ダメよ。そんなことしちゃ、ダメ……んんんっ、んんんんっ、ぁあうぅぅ……気持ちいい！」

美千代が最後に気持ちいいと言ってくれたので、久司は俄然その気になった。

ダメと口では言っているが、実際はすごく感じてくれているのだ。

久司は無我夢中で乳首を舐め転がしながら、巨乳を揉みしだいた。

もう片方にも同じようにすると、美千代は踵でシーツを蹴るようにして、

「ぁああ、もう、もうダメっ……久司さん、それ以上されたら、自制できなくなる。だから、許して……もう、許して……」

そう喘ぐように言う。

その言葉がかえって、久司をかきたてた。

久司は乳房から顔をおろしていき、そのまま下腹部へと顔を移した。真下から足を押しあげ、濃い密度で生えている陰毛の底を舐める。ぬる、ぬるっと舌を走らせると、そこはもう濡れていて、ぬめぬめしたナメクジみたいなものが舌に触れて、

「ぁああ、あああああぅぅ」

と、美千代が気持ち良さそうに喘いだ。

美千代のオマ×コからは甘いような芳香が匂い、舐めるにつれてその香りは強くなり、下腹部がぐぐ、ぐぐぐっと持ちあがって、擦りつけられる。味覚も強くなっている。

自分は愛撫が上手くないことはわかっている。

だけど、美千代がこれだけ反応してくれているのだから、すごく感じてくれていることは確かで、それが久司に自信のようなものを与えた。

細長い形をしたオマ×コの上のほうで飛び出している赤い芽に貪りついた。舐めていると、それはたちまちふくらんできて、包皮から頭をのぞかせた。

上のほうを引っ張りあげると、くるっと皮が剝けて、赤い本体が姿を現した。

自分がこれまでつきあった女性より、大きい気がした。

ちゅーっと吸い込むと、

「いやぁあああ……！」

美千代はこちらがびっくりするような声をあげた。

強すぎたのかもしれない。そう思って、かるく舐めた。

ちろちろっと舌を肉芽に這わせると、

「ぁあああ、ぁあああ……気持ちいい……久司さん、それ気持ちいいの……はうぅぅ」

美千代が思っていた以上に感じてくれて、もっととでも言うように腰を左右に振り、上下に揺すった。

（よし、これでいいんだ……！）

丁寧に舌で肉芽を愛撫した。

すると、美千代が求めてきた。

「久司さん、あそこを、入口を指でいじってみて……」

「……こう、ですか？」

久司は右手の中指で膣口の周囲をなぞった。すでにそこは潤みきっていて、ぬるぬるしたもののなかに指が吸い込まれていき、

「はうぅぅ……！」

美千代が顔をのけぞらせた。

久司の指は半分ほども入り込み、ついつい力を込めると、ほぼ根元まですべり込んでいき、

「ぁあああ……！」

美千代が艶かしい声をあげた。

すごい締めつけだった。

熱く潤んだ女の肉路が痙攣するように中指を食いしめて、しかも、内へ内へと吸い込もうとするのだ。

「ぁああ、気持ちいい……そのまま、上のほうを……ううん、ピストンしなくていいから、擦りつけて、押しつけて……そう、そのままぐっと押して。押しながら、擦って……そうよ、そう……ぁああ、そのままクリちゃんを舐めてくださ い。ぁああ、そう……もっと強く……吸って。思い切り、吸って……やぁあああああああ！」

言われるままにクンニして、指マンすると、一気に美千代の雰囲気が変わった。

「ぁああ、あああ……気持ちいいの……久司さん、わたし、おかしくなる。お

かしくなる……ぁあああ、イキそう……ねえ、イッちゃう……わたし、もうイッちゃうよ」

美千代がかわいらしく訴えてきた。

「いいですよ。イッて……」

久司はクリトリスにしゃぶりつき、中指で膣を擦った。天井のGスポットを圧迫しながらさすると、美千代がぶるぶると震えはじめた。

「ぁあああ、ああああ……イクよ。イクよ……」

「イッてください」

久司がクリトリスを吸いながら、Gスポットを強めに擦ったとき、

「イクぅ……あっ、あっ……」

美千代はのけぞりながら、両足を引き寄せて曲げ、M字開脚したまま、がくん、がくんと躍りあがっていた。

3

久司はベッドの端に座って、足を開いていた。

美千代がその前にしゃがみ、猛りたつものの頭部にキスをした。

ちゅっ、ちゅっと唇を押しつけ、鈴口に舌を走らせる。

美千代はいまだ白いワイシャツを完全には脱がずに、はおっているので、いっそう官能的だった。

美千代が頭部を指で圧迫すると、尿道口が開いて、そこをめがけて、唾液を落とした。

命中した泡立つ唾液を、尿道口の割れ目に塗り込むようにして舌で擦り込んでくる。

尖らせた舌先でちろちろっとくすぐられると、内臓をじかに舐められているような不思議な快感がうねりあがってきた。

「あっ、くっ……！」

久司が呻くと、

「こういうのは初めて？」

美千代が訊いてくる。

「ええ、はい……」

「これなら、されたことあるでしょ？」

美千代は亀頭冠の真裏の裏筋の発着点に舌を擦りつけて、強めに刺激してくる。そうしながら、ゆったりと根元を握りしごいてくるので、一気に快感が高まった。

「ぁああ、くっ……初めてです。両方一緒は、初めて……ぁあうぅ」

包皮小帯から舌がおりていき、裏筋を舐めおろされる。そのままさがっていった舌が、睾丸に届いたので驚いた。

しかも、顔の位置を低くして、袋を丹念に舌から舐めあげてくる。

「ぁああ、ツーーッ！」

睾丸を舐められたのはこれが初めてだった。しかも、相手はかつて自分の父の後妻だった女性なのだ。

久司はベッドの端に浅く座り直して、いじりやすくする。すると、美千代はますます丹念に睾丸袋を舐めつつ、屹立を握りしごいてくる。

これほどに気持ちいいのは、初めてだった。

ぎゅっ、ぎゅっと勃起をしごかれると、甘い充溢感がふくらみ、睾丸からくすぐったいような快感が生まれ、それらが渾然一体となって襲いかかってくる。

執拗に睾丸に留まっていた舌がツーッと這いあがってきた。

裏筋から包皮小帯へとたどりつき、そのまま上から頬張ってきた。

指は離して、口だけで攻めてくる。

最初は途中まで咥えて、舌をからめてくる。

知らなかった。フェラチオするときに女性の舌がこんなに活躍するなんて。

よく動く長い舌が、裏側を擦りながら這いあがってくる。

それに、ストロークが加わった。

ねろり、ねろりと舌をからませながら、唇を行き来されると、快感が一気にふくれあがり、イチモツもギンとしてきた。

次の瞬間、分身がすべて温かい口腔に包み込まれていた。ただ頬張るだけではなく、もっと奥まで呑み込めると言わんばかりに、唇を陰毛に押しつけて、切っ先を喉奥まで吸い込もうとする。

（ああ、すごい……！）

これほどの強烈なディープスロートは初めてだ。

しかも、美千代はもっとできるとばかりに深く咥えようと、唇を押しつけてくる。

さすがにつらかったのか、ぐふっと噎せた。

しかし、厭うことなくさらに深く頬張って、ぐふっ、ぐふっと噎せた。

それでも、まだ吐き出すことはしないで、ディープスロートをつづける。その唇が動きだした。

血管の走る表面に唇をからませて、ゆったりとすべっていく。

往復させながら、ついには、根元を握ってきた。

若干余裕のある包皮を押しさげて、完全に剝き、あらわになったカリを中心に唇でうごいてくる。

唇をカリに引っかけるように連続して摩擦されると、ジーンとした逼迫感が込みあげてきた。

「ぁああ、そこです……そこをもっと……ぁああ、くうぅぅ、ぁあああ、気持ちいい……！」

久司はうっとりとして言う。

「んっ、んっ、んっ……」

美千代が鋭く顔を打ち振って、敏感なカリを中心に唇を往復させる。

しっかりと締まった唇が強い摩擦を伴って、亀頭冠を刺激してくる。

同時に、根元を握って強くしごかれると、快感が極限までせりあがってきた。

「ああ、出そうだ……その前に、あなたとしたい。美千代さんとしたい！」

ぎりぎりで訴えると、美千代はちゅるっと肉棹を吐き出して、久司をベッドに仰向けに倒した。

美千代もベッドにあがって、久司をまたいできた。

下腹部にしゃがんで、陰毛を突いていきりたっている肉柱を導き、沼地に押し当てて、一気に沈み込んできた。根元まで屹立を受け入れて、

「ぁああああ……すごい。久司さんのおチ×チン、かちんかちんよ……若いからね、きっと。こんなに硬いおチ×チン、初めてかもしれない」

美千代が言うので、久司は自分に自信がついた。

美千代は膝をぺたんとシーツについたまま、静かに腰を前後に揺すった。

「ぁああ、あうぅぅ……すごいわ。きみの硬いのが、奥をぐりぐりしてくる。長くて、硬いのね。奥がたまらない……ああ、こんな奥を突かれるのは初めてよ。すごいよ、すごい……あうぅぅ」

うれしいことを言って、美千代は徐々に腰振りのピッチをあげていく。すると、膣に分身が揉み抜かれ、久司もどんどん気持ち良くなってしまう。

必死に暴発をこらえていると、美千代は後ろ手を突いて、のけぞるようにして腰を打ち振りはじめた。

すごい光景だった。

大きくM字に開かされたすらりとした足の間で、自分の硬直が陰毛の下の膣にずっぽりと埋まって、美千代が腰をつかうたびに、それの根元が見え隠れするのだ。

しかも、美千代は白いワイシャツをはおり、はだけた胸元からは信じられないほどに大きいオッパイがせりだしているのだ。

美千代は騎乗位がとても巧みだった。

腰の振り方や、手足の位置や、バランスの取り方を充分に心得ていて、そのときそのときのベストの方法を取っているように見えた。

（これなら、父が夢中になったのもわかるな。実際に、腹上死したことだってあり得る……）

ふと、自分はこれから美千代とどうなっていくのだろう、と思った。

しかし、それも一瞬で、この快感があれば、どうなったっていいという刹那的な気持ちになる。

美千代が上体を立てて、M字開脚したまま、腰を上下に振りはじめた。

激しく尻を打ち当てて、

「あんっ……あんっ……あんっ……」

と、かわいらしい声をあげる。

(ああ、すごい……オッパイがあんなに揺れている!)

大きく波打ち、上下に揺れる巨乳に見とれた。

昂奮しきって、気がついたときには自分から突きあげていた。

美千代が腰を落とすときを見計らって、ぐいと腰をせりあげると、膣の奥と屹立がジャストミートして、

「ぁあああん……!」

美千代が声をあげて、身体をのけぞらせる。

いまだとばかりに、久司がつづけて腰を撥ね上げると、美千代はその上で弾んで、

「あんっ……あんっ……ぁああ、許して……許してよぉ。あんっ、あんっ、あんっ……あっ!」

美千代はがくがくっと震えながら、前に突っ伏してきた。

イッたのだろうか?

久司はその胸のなかに潜り込んで、たわわすぎる乳房を揉みしだき、乳首に

しゃぶりついた。

こんなにデカいオッパイは初めてだ。揉んでも揉んでも底が感じられない圧倒的なふくらみを揉みながら、先端にしゃぶりついた。

くびりださせた突起をちろちろ舐め、強く吸ったとき、

「ぁあああうぅ……いいのぉ！」

美千代がのけぞり、その瞬間、膣がびくびくっとイチモツを締めつけてきた。

（すごい。強く愛撫すると、あそこが締まるんだな）

久司は乳首を吸いまくり、乳房自体も荒々しく揉み込んだ。

絶対に痛いはずだ。しかし、美千代はむしろそれが悦びといった様子で、びくんびくんしながら、屹立を食いしめてくる。

久司は美千代を抱き寄せ、下から爆乳を揉みしだきながら、腰を撥ねあげた。

すると、勃起が斜め上方に向かって、体内を擦りあげていき、

「あん、あん、あんっ……」

美千代はのけぞりながら、哀切な声をあげた。

その喘ぎと強烈なオマ×コの締めつけが、久司を一気に追い込んだ。

「ああ、ダメだ。出そうだ」

ぎりぎりで訴えると、美千代が甘く囁いた。

「いいのよ、出して……わたしのなかに出していいのよ……欲しい。久司さんの精液が欲しい。大丈夫よ。ピルを呑んでいるから。だから、ちょうだい。久司さんの精子が欲しいの。いっぱい、ちょうだい。浴びせてください」

「本当にいいんですか？」

「いいから、言っているの……ぁああ、そこ……あんっ、あんっ、あんっ……イクわ。またイッちゃう……欲しい……ぁあああ、今よ。一緒に……そう、そうよ。あん、あん、あんっ……」

美千代のさしせまった喘ぎが、久司の理性を奪った。

中出しなどしてはいけない。わかっていたが、止められなかった。

「行きますよ。行くぞ……おおぅ！」

久司は力を振り絞って、突きあげた。

連続して撥ねあげたとき、

「イク、イク、イキます……いやぁあああああぁぁぁぁ……！」

美千代が嬌声をあげて、のけぞり返り、駄目押しの一撃を叩き込んだとき、久司も絶頂に押しあげられていた。

4

ぐったりとしてベッドに仰臥した久司の小さくなった肉茎を、美千代がしゃぶってくれている。ワイシャツは脱いで、股間の白濁液もシャワーで洗い落としたあとだった。

まだ放ってから、さほど時間は経過していない。

それなのに、美千代の粘っこい舌で肉柱に付いた白濁液と淫蜜を丁寧に舐め清められると、分身に力が漲ってくるのだ。

(信じられない。俺のチ×ポはどうなってしまったんだ?)

それがギンとしてくると、美千代が顔をあげて訊いてきた。

「もう一度しても、いい?」

「もちろん!」

「ゴメンなさい。いつもはこんなふうにはならないのよ。すごくひさしぶりだから……それに、きっと久司さんが相手だからだわ」

美千代ははにかんで、おずおずとまたがってきた。

今度はこちらに尻を向けた形だ。

美千代の言葉がうれしくて、久司の分身はさらに硬くなった。

(やっぱり、ひさしぶりだったんだ。父が亡くなってから、セックスしていなかったんだ。それに、俺が相手だから、またしたくなったと言ってくれた)

悦びを嚙みしめている間にも、美千代は後ろ向きでしゃがみ、いきりたちを導いて、静かに沈み込んできた。

すると、ギンギンの肉茎が熱い滾りを押し広げていって、

「ぁああ、すごい……カチカチ……」

美千代が思わず洩らした『カチカチ』という言葉が、久司を有頂天にさせる。セックスでこれほど女性を感じさせたのは、これが初めてだ。

美千代は根元まで埋め込むと、両手を前に突いて、腰を前後に揺すりはじめた。もう一刻も我慢できないといった様子で、間断なく腰を振りつづけ、

「ぁああ、あああ、気持ちいい……気持ちいい。腰が勝手に動くの。止まらない。止まらないの……ぁああ、恥ずかしい」

そう言いながらも、尻をぐいぐいと後ろに突き出してくるのだ。

膣肉で勃起が揉み抜かれて、久司はふたたび歓喜の渦に巻き込まれていく。

そのとき、美千代が前に屈んだ。

ぐっと腰から上体を折って、前後に揺する。

すると、巨乳が足に擦りつけられて、その柔らかな弾力がひどく気持ちいい。

目の前には、ハート形のヒップがあって、尻たぶの底に、肉の塔がずぶずぶと埋まっているのがよく見える。

蜜にまみれた肉柱がぬめ光りながら、出入りして、美千代のOの字に開いた膣口をうがっている。

結合部分に見とれていると、足に何かぬめっとしたものが這う感触があった。

ひどく気持ちがいい。何だろう?

斜めから見ると、それは美千代の舌だった。

美千代はバックの騎乗位でイチモツを受け入れながら、前屈して、久司の向こう脛を舐めているのだった。

刺激的な光景だった。

だが、それ以上に、脛を舌が這うと、ぞくぞくっとした快感がうねりあがってくる。

しかも、美千代は向こう脛を舐めるために顔の位置を移動するので、腰も同じように動いて、勃起を擦ってくるのだ。

美千代は足を舐めおろしていって、久司の片方の足をつかんで引き寄せた。

何をするのかと見ていると、足の甲から足指を舐めてきた。

ぬるっとした肉片が向こう脛から、足首、足の甲から親指へと這いあがっていくと、途轍もなく気持ち良かった。

次の瞬間、美千代は親指を頰張った。

久司の足の親指をまるでフェラチオするみたいに咥えて、じゅぶじゅぶと唾液とともに頰張る。

そうしながら、尻を微妙にくねらせるので、久司はその悦びに浸った。

これが現実だとは思えなかった。

父の妻だった女性が、自分ごときの足の親指をしゃぶっているのだ。しかも、上になって勃起を受け入れながら。

たまらなくなって、久司は手を前に伸ばし、尻たぶを撫でまわした。すると、美千代は気持ち良さそうに尻をくねらせる。

久司は両手を尻たぶに当てて、ぐいと外に開いた。

尻たぶが左右にひろがって、上のほうに茶褐色の小さな窄まりがのぞき、その下では、ギンギンの肉柱が膣口を押し広げているのが見えた。

（ああ、俺は今、すごいことをしている！）

未知の領域に踏み込んでいる自分を感じた。

尻をつかんで前後に揺すると、美千代は向こう脛を舐めながら、勃起を膣で擦ってくる。

尻たぶの谷間にはアヌスが見え、その下では肉柱がずぶずぶと膣口に埋まっている。

「ねえ、お尻の穴を触っていいわよ」

いきなり、美千代が言った。

「えっ……？」

「お尻の穴を触ってちょうだい。濡らさないと痛いから、唾でよく濡らしてね」

美千代が言うので、やってみようと思った。

右手の人差し指を舐めて、たっぷりの唾液をつけ、まっすぐに伸ばしていく。

セピア色の幾重もの皺を集めた窄まりの周辺を撫でると、

「ぁああ、いいの……わたし、そこも好きみたいなの」

美千代が恥ずかしそうに言った。

「ここが好きって、入れられるのが？」

おずおずと訊いた。

「入れるのは、指くらいなら。でも、ペニスは太くてダメなのよ」

「じゃあ、今も人差し指くらいなら？」

「ええ……でも、準備をしてからしないと、きみの指が汚くなっちゃう。だから、それはしなくていいわ。周辺を触るくらいでもいいの。それだけでも、すごく感じるのよ」

「わかりました」

久司は人差し指で窄まりの周りをタッチし、円を描くようになぞった。それから、菊の花みたいな部分の中心に指先を触れると、

「あっ……」

皺を集めたアヌスがひくひくっと収縮して、同時に膣も勃起を締めつけてきた。

（美千代さん、本当にアヌスで感じるみたいだな。それに、オマ×コも締まって、すごく気持ちがいい！）

久司は人差し指を中心に当てていると、もっと強く触ってとでも言うように、美千代は尻を後ろに突き出して、屹立を膣でしごきながら、アヌスの中心に久司

の指先を当ててくる。

（ああ、すごい……今度するときは、ここに指を入れてみよう……）

そう考えている間も、美千代はアヌスに指が触れているほうが感じるのか、どんどん腰振りが激しくなっていった。

こうなると、久司は自分で動きたくなる。

いったん結合を外して、その格好のまま美千代を四つん這いにさせた。

それから、いきりたつものを押し込んでいく。

熱いと感じるほどの体内に屹立が嵌まり込んでいって、

「はうぅぅぅ……！」

美千代が背中をしならせた。

思い切りのけぞって、シーツを鷲づかみにする。

滾る気持ちをぶつけて、後ろからガンガン突いた。

ウエストをつかみ寄せて、つづけざまに深いところに打ち込むと、

「あんっ、あんっ、あんっ……ぁああ、すごい……久司さん、強い。強すぎる……おかしくなる。ぁあああ、ちょうだい。もっと突いて……わたしをメチャクチャにして」

美千代が狂おしい様子で言う。

「メチャクチャにしてほしいの？」

「はい……わたしはどうしようもない女なの。だから、お仕置きしてほしいの。わたしを懲らしめてください」

美千代の言葉が、久司をかきたてた。

女性に対して、こんなにサディスティックな気持ちになったのは初めてだ。

ウエストをつかみ寄せて、ぐいぐいと打ち込んでいく。

パン、パン、パンッと乾いた音が立つほどに猛烈に打ち据えると、

「あんっ、あんっ、あんっ……！」

美千代が嬌声をあげて、顔を後ろにがくんがくんさせる。それから、

「ぶって……お尻をぶって……いいのよ。お仕置きして……」

そう言って、ヒップをくねらせた。

ふいに強い感情に見舞われて、尻を平手打ちしていた。

右手で振りかぶって、片方の尻たぶを手のひらで叩くと、

「パチーン……！」

いかにも痛そうな音が鳴って、

「くうぅ……！」

美千代が洩れそうになる悲鳴を押し殺した。

一発ぶっただけで、色白のヒップがたちまち桜色に染まり、

「ぁああ、あああ……ぶって……もっと、ぶってぇ」

美千代が誘うように腰を振った。

次の瞬間、久司は思い切り平手打ちしていた。

「うあっ……！」

美千代は痛みをこらえて、歯を食いしばっている。

打たれたところがピンクから赤に変わって、

「ぁああ、あああああ……」

美千代はもの欲しそうに腰をくねらせた。

久司は叩くのをやめて、それをペニスのストロークに変えた。

ガンガン突いていると、美千代が右手を後ろに差し出してきた。

こうしてほしいのだろうと、久司はその前腕をつかんで、引っ張り、後ろから勃起を叩きつけた。

こうすると、打ち込んだときの衝撃が逃げないことがわかった。もちろん、そ

れをわかっていて、美千代は腕を差し出してきたのだ。

(ああ、美千代さん……俺、あなたのことが……！)

気づいたときには、もう蜘蛛の糸にからめとられている感じだった。

だいたい、その蜘蛛の糸を剝がそうという気にもならないのだ。

後ろから思い切り突いていると、射精前に感じるあの逼迫した感覚がせまってきた。

「ぁああ、出そうだ。また出ちゃうよ」

訴えると、美千代が言った。

「いいのよ、出して……なかに出していいのよ。ぁああ、メチャクチャにして。わたしを壊して……メチャクチャに……あんっ、あんっ、あんっ」

「美千代さん、俺、俺あなたのことが……うおおお！」

久司はがむしゃらに後ろから叩き込んだ。

右腕を後ろに引っ張りながら、求められるままに左腕をつかんだ。

そうやって、両腕を後ろに引っ張りなから、スパートした。

上体を斜めになるまで引きあげられた美千代が、がくん、がくんと揺れながら、

「あんっ……あんっ……あんっ……ぁあああああ、イクわ」

ぎりぎりで訴えてきた。

「俺も、俺も……」

「ぁああ、ちょうだい。一緒よ。一緒にイキたい……あん、あん、あん……来るわ。来る……来て、来て、来て……今よ！」

「おおぅ……！」

久司がつづけざまに打ち据えたとき、

「イクぅううう……！」

美千代はのけぞりながら絶叫し、次の瞬間、久司も愛おしい女の体内に、今日二度目の精液をしぶかせていた。

# 第五章　弁護士にサービス

## 1

　その夜、畠山敏雄は他の者が帰宅した弁護士事務所の個室で、美千代が三名に抱かれたことを証明するための映像と音声を確認していた。

　目の前には大型のデスクトップ式パソコンが置かれ、その大きなモニターに流れる映像をイヤホンを耳に入れて、音声を聞きながら、見ている。

　何度見ても、胸も膀間も熱くなる。現に、今、敏雄のイチモツはギンとしてズボンを突きあげている。

　美千代は、森塚重蔵の弟である誠治のペニスをフェラチオしている。その様子を誠治がスマホでハメ撮りしたものだ。

強制されてやらされているはずだが、画面からはそういう殺伐とした雰囲気は伝わってこない。

イラマチオされているのに、なぜこれほどに色っぽいのだろうか？

映像では、美千代はスマホを前にオナニーして、自ら恥肉をひろげ、そこに誠治が勃起を打ち込み、徐々に感じていく様子がつぶさに映し出されていた。

それを見ながら、敏雄はデスクの下でズボンとブリーフを膝までおろした。

いきりたっているものを握りしめて、しごくと、脳味噌が蕩けるような快感がひろがってくる。

敏雄は現在五十六歳。二つ歳下の妻と、すでに職についている一人息子がいる。

二十年前に独立して弁護士事務所をはじめ、今も所長をしている。独立したときから、森塚重蔵の顧問弁護士をしていた。

今年になって、遺言状を作りたいと相談された。

それには二つの理由があった。

ひとつは、重蔵には二人の血を分けた息子がいるのだが、兄弟は前妻の伸子との間にできた子供で、重蔵は離婚した伸子を徹底的に嫌っていて、伸子から産まれた二人の息子には、いっさい財産を残したくないのだという。

それに、伸子には別れる際に、とんでもない金額を払わされたから、もう充分に生前贈与しているという思いもあったようだ。

もうひとつは、これには敏雄もびっくりしたのだが、後妻の美千代が浮気をしたらしい。たった一度の過ちだったらしいのだが、重蔵はそれを許せないのだという。

おそらく、それは重蔵が美千代を心から愛していたことの裏返しだったのだろう。

重蔵は自分が残していった妻に、三人の親戚に抱かれるように、命じた。

そして、それができたときに、自分の財産をすべて美千代に相続させると。

死してもなお、妻に不倫の過ちの責任を取らせるというのは、何事にも執念深かった森塚重蔵だからこそ考えついたことだろう。

そして、遺言執行人に任じられた敏雄は、その遂行を確認して、遺言を遂行しなければいけない。

その手紙や遺言状を見たとき、敏雄は美千代が果たして、三人に抱かれるなどということができるのか不安に思った。

できない場合は、すべての財産を某団体に寄付することになっていた。それはあまりにも勿体ないことで、敏雄はひそかに美千代の応援をしていた。

そして、今、美千代はとうとう使命を果たし終えた。

その三人と情交をしたという証を、提出してきたのだ。

重蔵の弟の誠治は、誠治自らがハメ撮りした映像だった。

長男の貴志は、おそらく屋敷で盗み撮りしたものだろう、貴志がレイプのように美千代を犯す映像だった。

そして、久司はなぜか音声だった。

スマホで録音した音が、延々と流れるもので、二人が初めて身体を合わせるときの会話や喘ぎ声なども録音されていて、証拠としては万全のものだった。

貴志の場合は、相続放棄の念書が添えてあった。

美千代によれば、貴志は相続分を欲しがっていたが、屋敷で撮影したビデオを、妻に見せると脅したところ、しぶしぶ相続放棄を認めたのだと言う。

敏雄は、美千代が外見とは違って、やるべきときにはやる強い性格の持ち主であることに、驚いた。

同時に、それを頼もしく感じた。

だが、ひとつ問題があった。

それは、久司の相続放棄の念書がなかったことだ。

情事を録音したものがあるのだから、それを使えば、久司も説得できるのではないかと問うたところ、ニートの現状を考えると、彼には財産を分けてやりたいという。

『しかし、それだと重蔵氏の課した責務をすべて果たしたことにはならない。したがって、すべての遺産は寄付されることになりますよ』

敏雄はそう言わざるを得なかった。

『それは困ります……そこをどうにかしていただきたいのです。方法を考えていただきたいのです』

美千代はそう主張して、聞かなかった。

どうやら、美千代は森塚久司を自分の子供のようにかわいがっているようで、久司には美千代が彼を騙していたことを知られたくないらしいのだ。

おそらく、最初は遺言を実行するためにしていたのだろうが、知らずしらずのうちに情が移って、久司を愛するようになってしまったのだろう。

美千代はあと三十分ほどしたら、この事務所を訪ねてくることになっている。

話が話なので、この誰もいない時間に法律事務所で逢って、打ち合わせをするのがいちばん確実だった。

それまでにどうにかして切り抜ける方法を考えないといけないが、まだこれという方法が見つからない。

モニターの映像が切り替わって、貴志とのレイププレーのビデオに移った。

シースルーのネグリジェを着た美千代を、貴志が無理やり犯そうとしている映像が流れて、敏雄はそれを見ながら、美千代の思いを満たすための何か抜け道はないかと頭を巡らせる。

その間も、胯間のものはますます怒張してきて、それを握りしごくと、甘い昂揚感が下半身を満たし、脳も痺れてきて、何も考えられなくなる。

（ああ、ダメだ。先に出してしまえ……）

敏雄は美千代が貴志に犯されている映像を見ながら、いきりたちをしごいた。

葬儀のときに、喪服姿の打ちひしがれた森塚美千代を見たときから、同情を覚えた。

すでにそのとき、重蔵の遺言状の内容を知っていたからだ。

その同情はやがて、美千代への愛情へと変わり、美千代があの使命をほぼ果たして、この映像や録音を手渡されて、それを見聞きしたとき、美千代への強い性欲に変わった。

遺言執行人が個人に特別な感情を持ってはいけないことは重々承知している。

しかし、この映像を見るたびに、美千代を抱きたくて、たまらなくなる。

(おおぅ、美千代……たまらない!)

湧きあがる快感で、思わず目を閉じて、勃起をしごいていた。

耳に入れているイヤホンからは、『あん、あっ、あんっ』という美千代の喘ぎ声が聞こえてくる。

(ダメだ。イキそうだ!)

さっきから射精に備えて、ティッシュは左手に持っていた。

もう何擦りで射精というそのとき、いきなり、座っていた椅子が後ろに引かれて、前に誰かがしゃがむ気配を感じた。

ハッとして目を開けると、そこにいるのは森塚美千代だった。

ブラウスにジャケットをはおった美千代が、敏雄の開いた足の間にしゃがんで、こちらを見あげてきた。

「あっ……!」

敏雄はとっさに勃起を隠そうとした。美千代が今、ここにいるのだから、絶対にオナニーを見られたに違いない。しかも、モニターには証拠品として提出した映像が流れているのだ。

おそらくオフィスのドアの鍵が開いていて、美千代はここに入ってきたのだ。ノックをしたのだが、敏雄はイヤホンで喘ぎ声を聞いていて、それが聞こえなかったのだろう。

羞恥の炎に焼かれて、立ちあがろうとした。その寸前に、美千代に肉棹を握られて、次の瞬間、頬張られていた。

「あっ、うっ……！」

敏雄は唸ることしかできなかった。やめなさいという言葉さえ、出てこない。衝撃的すぎた。

法律事務所で証拠品のビデオを見て、オナニーするのもあまりにも無防備だが、それをしゃぶってくるという関係者も大胆すぎる。

しかし、美千代の口腔はとても温かく、一気に根元まで咥えられて、バキュームされると、甘い陶酔感が込みあげてきて、抗うことができなくなった。

美千代は考える隙も与えずに、敏雄を追い込もうとしたのだろう、大きく、激しく唇を往復させてきた。

「ぁああ、くうぅぅ」

敏雄はもたらされる快感のなかで、ただ呻くことしかできなかった。

敏雄も五十六歳。最近は妻とは完全にセックスレスで、風俗にも行っていないから、愚息をしゃぶられる快感は大きかった。

「んっ、んっ、んっ……」

美千代がつづけざまに根元を握りしごきながら、先のほうを咥えて、敏感な雁首を唇でしごいてきた。

映像に出演しているその本人が、いきなり敏雄のペニスを頬張って、しごいてくれているのだ。

しかも、目の前のパソコンの大きなモニターでは、美千代がレイプまがいに犯されて、

『あん、あん、あん……イキそう！』

と、逼迫した声を放っている。その声がイヤホンから流れて、耳のなかで大きく反響する。

「おおぅ、やめなさい……出てしまう」

ぎりぎりで訴えた。だが、美千代はいっさい手をゆるめることなく、力強く根元をしごき、余っている部分に唇を往復させる。

ここで出してしまったら、自分は美千代に屈することになる。以降、美千代の言いなりになってしまう。そうやって、美千代は亡夫の命令を守って、三人の男を手玉にとったのだ。

そんなことはわかっている。

しかし、理性と欲望は別だった。

「んっ、んっ、んっ……」

つづけざまに肉竿をしごかれと、もうこらえきれなくなった。

「ああ、出る……出すぞ!」

吼えたとき、美千代が一段と激しく肉棹を、指と唇でしごいてきた。

この前射精したのも、このビデオを見ながら自分でしごいたときだった。

(俺は、この女に……ああ、あああ、気持ちいい!)

大型モニターでは、美千代が激しく突かれて、イキそうになっている。その両手を縛られて喘いでいる姿を見ながら、敏雄は頂上へと押しあげられる。

「うあっ……!」

唸りながら放っていた。

目くるめく射精感が体を貫き、放たれる白濁液を美千代がこくっ、こくっと嚥下しているのがわかった。

## 2

その後、敏雄は美千代をホテルにあるレストランに連れて行き、その個室で食事を摂《と》りながら、案件について話した。

結果、敏雄が森塚久司に逢って、相続放棄の念書を出してもらい、その後、全財産が美千代に渡ったあとで、美千代が個人的に四分の一の金銭を久司に贈与することで、話をまとめた。

贈与する理由が問題になるし、贈与税がかかる。

しかし、遺言が執行されたあとだから、それは二人の個人的な関係による授受となって、遺言執行人の敏雄が関与することではない。

「では、一度、森塚久司に逢っていったん、よく説明します。それで承諾を得ることができたら、このような形にしましょう。相続放棄しないと、美千代さんに遺産が入らないことがわかったら、彼も納得してくれるでしょう。その後の金銭の受け渡しなどの方法、理由などはじっくりと話し合いましょう。それでよろしいですか？」

敏雄が言うと、美千代がうなずいた。

レストランを出る前に、美千代は席を立って、フロントで何かをしているようだった。

帰ってきて、レストランを出たところで、美千代が言った。

「部屋が取れましたので、行きましょう」

「えっ、部屋ですか？」

「はい……ホテルの部屋です」

「と、泊まるんですか？」

「泊まっても、帰られてもかまいません。畠山さんにはとてもよくしていただいているので、せめてそのお礼をと……。大丈夫ですよ。今回だけですし、奥様には絶対にばれないようにしますから。それとも、わたしのような女ではいやですか？　いくら遺言とは言え、親戚の男に抱かれるような女では……でも、わかってほしいんです。わたしは好きで抱かれたわけではありません。ああするしかなかったんです」

美千代がきっぱりと言った。

「……そのことを責めているわけではありません。私としても、奥様に遺産を受け取ってほしかった。妙な言い方ですが、頑張られたと思います」

「ありがとうございます……行きましょう。わたしも自分に頑張ったご褒美をあげたいんです」

「でも、私なんかでは褒美にはならないんじゃ……」

「いえ、充分なご褒美です。さっきも、とても逞しかったですよ」

美千代が身体を寄せて、腕をからめてくる。

敏雄はリードされて、エレベーターホールに向かった。

思い出さないようにしていたのに、先程事務所でフェラチオされて、口内射精し、その精液を美千代が呑んでくれたことが事実として、脳裏によみがえってくる。

途端に、激しい羞恥に襲われた。同時に、胯間のものがむっくりと頭を擡げてくる。

エレベーターに乗り込むと、美千代が十二階のボタンを押した。二人だけだった。美千代がそっと右手を胯間に伸ばしてきた。

ズボン越しにそれを触られるうちに、分身は一本芯が入ったようにいきりたち、美千代はそれをつかんで、ゆっくりとしごく。

エレベーターの監視カメラを意識して、敏雄はとっさにそこを鞄で隠す。

「もう、カチカチですね」

美千代がそう耳元で囁いて、さらに勃起を強く擦った。

すぐにエレベーターが十二階に到着して、美千代はさっと手を離し、何事もなかったかのようにエレベーターを降り、敏雄もそのあとをついていった。

美千代はカードキーをかざして部屋のキーを開け、室内に入り、カードキーをホルダーに入れると照明が点いた。

そこはセミダブルのベッドが二つ置かれた広々とした部屋で、窓際の応接セットも立派なものだった。

「ここはユニットバスではなくて、ちゃんとしたバスタブと洗い場があるバスルームなんですね。どうせなら、ゆっくりとお湯につかりたいですよね。お湯を入れますか?」

美千代に訊かれて、

「ああ、そうだね。どうせなら、ゆっくりとバスタブにつかりたいかな」

「では、お湯を張りますね」

そう言って、美千代はバスルームに向かった。

敏雄はその間に、家に電話を入れて、クライアントを接待しているから、帰りが遅くなることを妻に告げた。

その瞬間、ああ、俺は今から不倫しようとしているんだな、という実感に襲われた。

しばらくして、美千代に呼ばれてバスルームに向かった。

全裸になって、股間をタオルで隠して、洗い場に入る。

大きめの浴槽の清潔そうな風呂で、すでに、美千代がしゃがんでかけ湯をしていた。

一糸まとわぬ姿の、その美乳でありながら、大きすぎる乳房を目の当たりにして、イチモツが躍りあがる。

すでに、映像では目にしていた巨乳だが、実際に見ると、その迫力が違った。

洗い場で呆然と立ち尽くしていると、美千代が背中を流してくれると言う。

敏雄はプラスチックの洗い椅子に鏡のほうを向いて座る。

すると、美千代がかけ湯をしてから、背中を流してくれる。

洗い用のソフトなボディタオルに石鹸をつけて泡立てたものを、肩から背中へとなすりつけられる。ボディタオルの感触がとてもなめらかで、擦られている箇所がぞわぞわする。

「お疲れさまです。今夜は仕事のことは忘れて、ゆっくりと寛いでくださいね」

そう後ろからやさしく囁かれると、敏雄は身をゆだねたくなる。

美千代はもう一度タオルに石鹸をつけて泡立て、今度はそれを体の前面になすりつけてくる。

泡立った石鹸がクリーミーで気持ちいい。

それが胸から腹部へとおりていき、あっと思ったときは、鼠蹊部から肉棹へとさすってきた。

「……そこは！」

「平気ですよ。あらっ、すごい……先生のおチ×チン、かちかちですよ」

そう言って、美千代は後ろから勃起をつかみ、素手でゆるゆるとしごいた。

すでに泡で覆われた肉柱を石鹸まみれの手のひらで、にゅるにゅると擦られると、ここは天国かと思うような快感がうねりあがってきた。

「ぁああ、くっ……ダメだよ」

「ふふっ、さっきしたことをもうお忘れになったんですか？　わたし、先生の精液をごっくんしたんですよ」

　後ろから言って、美千代はいっそう強く勃起をしごいた。

「……あのとき、先生は何をされていたんですか？　わたしがお渡ししたビデオを見ながら、ここをシコシコなさっていたわ。先生、わたしの動画を見て、昂奮なさっていたんですよね。そうですよね？」

「ああ、そうだ……悪かった」

「いいんですよ。わたしの映像を見ながら、オナニーなさっていた。恥ずかしかったけど、うれしかったんですよ。先生、わたしを抱きたかったんですよね？」

「ああ、そうだ……ぁああ、ちょっと……」

　ソープまみれの勃起をぎゅっ、ぎゅっとしごきあげられると、快感がぐんとひろがった。

「すみません。こちらを向いて、立ってください」

　美千代に言われるままに、立ちあがって振り向いた。

すると、美千代がたっぷりの石鹸を塗った手のひらで、いきりたつものを握り、しごいてきた。

石鹸でぬるぬるとすべって、それがカリを刺激して、快感がひろがってきた。

「おおぅ、気持ちいいよ」

思わず言うと、美千代は右手で勃起を握りしごきながら、左手で睾丸袋をあやしてくる。

石鹸まみれの皺袋に包まれた睾丸を持ちあげるように、ちゅるり、ちゅるりと揉み転がしながら、本体をリズミカルにしごきあげてくる。

「ぁああ、ぁううぅ……」

思わず喘いでいた。

すると、美千代はにこっとして、ボディソープを手のひらにすくい、ぬるぬるした液体を乳房に塗りはじめた。

少なく見積もってもEカップはあるだろう巨乳が見る間に、妖美にぬめ光ってきて、美千代はそれを自ら揉みしだいて、

「ぁああ、こうすると気持ちいいの……」

グレープフルーツのようなふくらみを揉みながら、中心の突起をつまんで、素

早く転がし、

「ぁあああ……」

すっきりした眉を八の字に折って、悩ましい顔をした。

それから、少し腰を屈めて、敏雄のそそりたっている肉棹を、巨乳で両側から包み込んでくる。

パイズリだった。パイズリなど、はるか昔に当時つきあっていた巨乳の恋人に一度だけやってもらって以来だ。

（おおぅ、たまらん……！）

やや腰を折って高さを調節した美千代は、左右のふくらみを中心の勃起に押しつけるようにして、両方同時に上げ下げをする。

すると、いきりたつものが、ソープまみれでぬるぬるした柔らかな球体に挟みつけられて、その圧迫感と摩擦感がひどく気持ちいいのだ。

（ああ、こういうのを桃源郷と言うのだろうな……）

敏雄はうっとりとその快感に酔いしれた。

美千代は中腰になって、息を切らしながらも、一生懸命にパイズリしてくれる。

物理的な快感以上に、これほどの美人がここまで男に尽くしてくれるその悦びが大きかった。

たっぷりとパイズリしてから、美千代はシャワーでソープを洗い流し、きれいになった肉棹をフェラチオしてくれた。

敏雄は身体が冷えないように、シャワーのヘッドを手に持って、温水を美千代の背中にかける。

そして、美千代はいきりたつものを頬張って、

「んっ、んっ、んっ……」

連続して唇と指でしごき、追い込んでくる。

「ぁあぁ、出そうだ！」

思わず訴えると、美千代はちゅぽっと吐き出して、バスタブの縁に両手を突いて、尻を後ろに突き出してくる。

「ああ、欲しいんです。それが欲しい……」

媚びた声をあげて、くなっと腰をよじった。

「いいんだね？　したからと言って、あなたの味方はしないよ。私は法律家だからね」

「もちろん……わたしは今、純粋にそのおチ×チンをいただきたいんです。それ

だけなんです」

美千代の言葉が、敏雄の背中を押した。

尻たぶの奥にある切れ目に、イチモツを押しつけて、位置をさぐった。しばらくぶりのせいか、はっきりと場所がわからないのだ。

切っ先がぬるっとすべって、窪みに落ち込んでいく感触があり、そのまま腰を入れると、切っ先が熱くて蕩けたところをこじ開けていき、

「はうぅぅ……！」

美千代が顔を撥ねあげた。膣がうごめきながら、ペニスにからみついてくる。

「あうぅ、おっ」

敏雄は奥歯を食いしばって、洩れそうになるのをこらえた。

昔から長時間もつほうではなかったが、美千代を前にすると、すぐに出してしまいそうになる。

事務所でも短時間のフェラチオで出してしまった。

今も入れたばかりなのに、もう放ちたくなった。

(ダメだ。せっかくの機会なのに、勿体ないじゃないか)

懸命にこらえて、敏雄は動きを止める。

すると、美千代が焦れたように自分から腰をくねらせて、

「ぁああ、先生、恥ずかしい……勝手に腰が動いちゃう。恥ずかしい……ぁああ
ああうぅぅ……いや、いや……」

もどかしそうに腰を前後に振った。

「ああうぅ……やめなさい。やめなさい……くうぅぅ」

敏雄は必死に暴発をこらえる。

「ぁああ、もっと……もっとください！」

美千代が誘うように腰をくねらせる。

敏雄は突く代わりに、前に屈んで、巨乳をつかんだ。

たわわなオッパイを揉みしだき、先端をつまんで転がすと、

「ぁああ、あうぅぅ……」

美千代は顔をのけぞらせて、喘ぐ。

そのとき、膣が肉棹を締めつけてきて、敏雄はまた放ちそうになって、ぎりぎりで免れた。

左右の手で巨乳をつかみ、揉みしだき、頂上を指で捏ねたり、押しつぶしたりする。

思わず力が入ってしまったが、それがいいのか、

「ぁああ、それ……もっと、もっと強くして。美千代をいじめてください」

訴えてくる。

(ああ、これか……)

提出された映像を見て、男たちは美千代のこのマゾ的な挑発によって、いっそう色狂いしてしまうことに気づいていた。

わかっていた。

だが、世の中にはわかっていても自分ではどうにもならないものがあるらしい。

敏雄は乳首を強く押して、ぐりぐりと圧迫するように挟みつけ、ねじった。

そうしながら、一発、グーンと押し込んでやった。

屹立が深いところに嵌まり込んでいって、

「はうぅぅ……!」

美千代がのけぞり返った。

敏雄は右手で巨乳を荒々しく揉みながら、尖っている乳首を捏ねまわした。押しつぶさんばかりに乳首を埋没させ、後ろから怒張を叩き込む。

「あんっ……!」

切っ先が子宮口まで届くと、美千代はなぜか爪先立ちになって、がくっがくっと膝を落としかける。

敏雄は乳首をねじ切れそうなほどひねりながら、つづけざまに後ろから深いストロークを叩き込んだ。

すると、一気に美千代の様子が逼迫してきた。

「あん、あん、あんっ……来るわ。来る……ぁああ、恥ずかしい……もう、もうイッちゃう……いや、いや……ぁあああ、ダメ、ダメっ……あん、あん、あん……ぁあああ、はうぅぅ……イキます。先生、イキます。イッていいですか？」

美千代が訊いてきた。

「いいですよ。イキなさい。いいですよ」

敏雄が乳首をいじりながら、つづけざまに深く打ち込んだとき、

「イキます……イク、イク、イクぅうううう！」

美千代はバスルームに断末魔の声を響かせて、がくん、がくん震えながら、床に崩れ落ちた。

3

敏雄はベッドに仰臥して、美千代を腕枕していた。

女性を腕枕したのなどいつ以来だろうか、思い出せないほどだ。

美千代はこちらに顔を向けて、片方の足も敏雄の足の間に差し込んでいるので、太腿が肉茎に触れている。

さっきぎりぎりで射精を免れたお陰で、力が漲る準備はできている。

しかし、今から勃たせていては、肝心なときに疲れてしまって、役に立たない可能性がある。

肩と胸の中間点に顔を乗せて、美千代が言った。

「先生とこうしていると、すごく安らぐんです」

「……そうか。まあ、私とやるのは遺言には入っていないからね」

「だから、損得でこうしているんじゃないんですよ。わかってくださいね」

美千代が顔を胸板に乗せて、頬ずりしてきた。

「まさか、録音はしていないだろうね？」

「していません……もう、先生ったら……信じてくださらないんだから」

美千代は顔をあげて、かわいく敏雄をにらみつけ、乳首にキスをしてきた。

ちゅっ、ちゅっと胸板の突起をついばみ、首すじに向かって舐めてくる。なめらかな舌が這いあがってくると、ぞくぞくっと戦慄が流れて、またイチモツが力を漲らせる感触がある。

すると、それを察知したのか、美千代が右手をおろしていき、肉茎をつかんでしごきながら、

「先生のここ、すごいわ。タフなんですね。事務所で一回出しているのに、全然へこたれない」

耳元で甘く囁く。

それが男を奮い立たせるための言葉であることはわかっている。しかし、そう言われていやな気はしない。

現に、敏雄の分身は美千代の前でもう何度もエレクトを繰り返している。

五十六歳で、これは奇跡としか言いようがない。これも、すべて美千代のお蔭だ。美千代は何か男を奮い立たせずにはおかないものがあるのだ。

それはもしかして、相手の男を見抜き、こうしたら悦び、昂奮するということ

を実行に移せるからではないのか？

だいたい、このやさしげで儚げな美貌と男が助けてあげたくなるような危うさを持っているだけで、充分魅力的なのに、さらに、このスレンダーボディに不釣り合いな巨乳を胸につけているのだ。

鬼に金棒、というより、むしろ、これは反則だろう。あまりにも不平等すぎる。

美千代は胸からキスをあげて、唇を重ねてきた。

舌をつかって、敏雄の唇をあやしながら、いっぱいに下におろした指でいきりたちを握りしごく。

さらには、ディープキスをしながら、胸板を手でなぞり、乳首を指で転がす。

そうしながら、足で勃起を擦ってくる。

敏雄も何カ所攻められているか、わからなくなるような愛撫に、全身が勝手にびくびくと震えはじめる。

（この女は、魔性の女だ。そんなこと、わかっていた。わかっていても俺は、そうか、俺はこの女の罠にかかってみたかったんだな。蜘蛛の糸にからめとられてみたかった……）

美千代は情熱的に唇を重ね、舌をからめ、吸いながら、胸板を手でなぞり、足で勃起をさすってくる。

その唇がおりていって、胸板から腋の下にまわった。

右手を頭上に持ちあげられ、あらわになった腋の下にキスされた。腋毛を舐められ、そのまま二の腕にかけてなぞりあげられると、ぞわぞわした戦慄が肌を走っていく。

そのまま舐めあげられて、指まで舌を這わせてくる。

指を一本、また一本と丁寧に舐められ、しゃぶられた。

二本の指をまとめて頬張られ、フェラチオするように顔を振られると、その昂奮が下腹部にも伝わって、あれがますますいきりたった。

それから、美千代は覆いかぶさるように乳房を口許に押しつけてきた。

敏雄はたわわなふくらみをつかみながら、乳首を舐めしゃぶった。ちろちろっと先端を弾き、吸いつく。

チューーッと赤子のようにオッパイを吸うと、

「ぁあぁ、気持ちいい……先生、気持ちいい……」

美千代はしがみついて、もどかしそうに腰を揺すった。

圧倒的に柔らかで量感あふれる肉の層に顔が埋まって、息ができない。その豊穣な乳房に埋もれて、窒息しそうだ。

敏雄はふくらみをむんずとつかみ、ちろちろっと乳首を舌であやし、吸う。

それを繰り返していると、美千代はもう我慢できないとでも言うように、ヒップを揺らして、

「ぁああ、これが欲しい。もう欲しくなった……」

そう甘えるように言いながら、勃起を足でいじってくる。

「おおぅ、我慢できない。咥えてくれないか？」

そう懇願すると、

「先生ったら、本当にエッチなんだから……わたしの証拠ビデオを見ながら、何回オナニーしたの？」

痛いところを突いてくる。

「何回もしたよ。数えきれないくらいに……美千代さんが淫らすぎるからだ。もし重蔵氏が生きていたら、あの証拠映像見せてあげたいよ。どんな顔をするんだろうな？」

「複雑なんじゃない？　本当は苦しめたかったのに、わたしはむしろ……。でも、逆にそれで昂奮するかもしれないわね。もしかして、あの人はネトラレだったか

もしれないでしょ？」

「どうなんだろうな」

「今も、あの世から、これを見て、怒っているかしら？　それとも、嫉妬して、あれをギンギンにしているかもしれないわね。死んでもなおわたしを苦しめようとしたあの人を嫉妬させたいわ。嫉妬で狂わせたい」

婉然と微笑んで、美千代はキスをおろしていき、下腹部を迂回して、そのまま足を舐めていく。

敏雄の片足を持ちあげて、足の裏にまで舌を走らせた。

土踏まずを舐め、そのまま足指まで舌を這わせる。

下から舐めあげて、親指を頬張った。

ゆっくりと顔を振って、親指をフェラチオする。それから、なかで舌をからませて、親指をねぶりまわした。

唾液でべとべとになった足指を自分の乳房に押しつける。

圧倒的な存在感を誇る巨乳の先へと、濡れた親指を押しつけ、擦りつけて、

「ぁああ、あああ……気持ちいい。先生の足の指、逞しくて気持ちいい……ねえ、指でつまんで」

「……こうか?」

敏雄が足の親指を曲げて、硬い乳首をつまんだり、擦ったりすると、

「ぁああ、そう……うれしい。尊敬する先生にこんなことされて、すごくうれしいの……ぁああ、あうぅぅ」

敏雄の足に巨乳をたっぷりと擦りつけた。

それから今度は足をシーツに置いて、向こう脛から膝、さらに太腿へと舐めあげてくる。

「ぁああ、ああんん」

と、甘い鼻声を洩らして、ツーッ、ツーッと向こう脛を舐めあげられると、ぞわぞわっとした快感がうねりあがって、イチモツもさらに硬度を増す。

美千代は太腿から鼠蹊部へと舌を走らせる。

そうしながら、いきりたっている肉柱を握りしごいてくる。

それから、白髪の混ざった陰毛を舐めた。

甘く鼻を鳴らし、恥毛を舌であやしながら、微妙に肉柱の根元を舐めてくる。

すると、敏雄の分身はびくっ、びくっと撥ねて、その往事を思わせる活発な動きが、敏雄に自信を与える。

「先生、ご自分で膝を持って、持ちあげてください」

美千代が言う。

「こうか?」

敏雄は自分で膝をつかんで、持ちあげながら開いた。

睾丸はおろかアヌスまでも見えてしまっているその格好に大いなる羞恥を覚えた。

すると、美千代は睾丸を舐めてきた。

左右の皺袋に丹念に舌を走らせ、そのままアヌスのほうへと舌をすべらせていく。

「あっ、よせ、そこは……」

「大丈夫ですよ。さっきお風呂できれいに洗ったから」

そういって、美千代は会陰を舐めた。

睾丸からアヌスの間をちろちろと舌が這うと、そのくすぐったさが妙な快感に変わって、分身が力を漲らせた。

会陰を舐めていた舌がさらにさがっていく。

あっと思ったときは、アヌスに舌が届いていた。アヌスの周囲を舌がスーッ、スーッとすべるだけで、その掻痒《そうよう》感にぞくぞくしてしまう。

「すごいわ。どんどんこれが硬くなる」

美千代が勃起を握って、その硬さを味わうようにしごいてくる。

「よしてくれ……それはダメだ」

「でも、先生、お尻の穴を舐められると、どんどん硬くなってくるわ。ひょっとして、そういう趣味があるんですか？」

「いや、それはない……あっ、くっ……やめろ……あうぅぅ」

不思議なことに、舌がアヌスをなぞると、分身に力が漲ってしまうのだ。

自分でも驚きだった。

次の瞬間、窄まりの上下に舌が這った。

すると、さらに快感の風が通りすぎて、イチモツがますますギンとしてきた。

「いやだわ、先生、ヘンタイなんだから」

そう言いながらも、美千代は執拗にアヌスを舐めてくる。

（臭くないのだろうか？　汚いとは思わないのだろうか？）

敏雄はそんな気持ちとは裏腹に、美千代に自分の汚い箇所を丁寧にしゃぶられると、どういうわけかひどく昂ってしまうのだ。

美千代はたっぷりと時間をかけて、アヌスの皺を伸ばすようにして、丹念に窄まりを舐めてくれた。

それから、このままではペニスを舐めるのは不潔と感じたのだろう、美千代はベッドを降りて、洗面所で口を消毒して戻ってくる。

今度は、シックスナインの形でまたがってきた。

目の前に、真っ白な尻がせまってきて、尻たぶの谷間にアヌスと艶やかに咲き誇る雌の花があった。

敏雄はしゃぶられる前に、尻たぶの底に息づく雌蕊《めしべ》に貪りついた。

狭間を舐めあげると、粘膜がぬるっと舌にまとわりついてきて、

「ぁあああぁぁ……」

美千代は気持ち良さそうな声をあげた。

もう止まらなかった。

つづけざまに狭間の粘膜を舌でなぞり、さらに、下のほうで突き出しているクリトリスを舐めた。

包皮を剝いて、あらわになった肉の真珠をちろちろと刺激すると、

「ぁああ、あああん……いいの、先生、それ、おかしくなっちゃう……ぁああ、

ああうぅぅ」

美千代はもどかしそうに尻を振っていたが、やがて、湧きあがる快感をぶつけるように、敏雄のイチモツにしゃぶりついてきた。

勃起を頬張って、唇をスライドさせる。

ジュルルっと唾音を立てて、肉棹を吸い込み、バキュームしながら、

「んっ、んっ、んっ……」

つづけざまに顔を打ち振って、敏感なカリを中心に唇で攻めたててくる。

内側に巻きくるめた唇で、カリを引っかけるようにしてストロークされると、ジンとした熱さがひろがってきて、身を任せることしかできなくなった。

「んっ、んっ、んっ……ジュルル、ジュルルル……」

つづけざまに唇で亀頭冠を擦られると、危うく暴発しかけて、敏雄はとっさに顔の動きを止めさせた。

敏雄はまたクリトリスを舐めしゃぶる。そうしながら、膣口に親指を押し込んだ。

位置的に親指以外は難しい。

短いが太い親指を膣に抜き差ししつつ、ぐりぐりと旋回させる。

そうしながら、クリトリスを吸い込み、かるく甘嚙みしていた。何の気なしにした甘嚙みだったが、

「いやぁあああ……あっ、あっ……ぁああ、もっと、もっとクリちゃんをいじめてください」

肉棹を吐き出して、美千代がせがんでくる。

(ああ、やはり、強めの愛撫のほうが感じるんだな)

敏雄はこりこりしたクリトリスにかるく歯を立てては、離してを繰り返した。それをつづけながら、時々チューッと思い切り吸い込む。

「いやぁあああぁぁぁ……」

嬌声をあげた美千代が、自分の使命を思い出したように、また勃起にしゃぶりついてきた。

「んっ、んっ、んっ……んんんんっ、んんんんんっ」

激しく唇でしごきながら、くぐもった声を洩らす。

敏雄は親指の代わりに、中指と人差し指をまとめて、膣口に押し込んだ。

ぬらつきながら、からみついてくる粘膜を押し退けるように抜き差しすると、

「んんんっ、んんんんんっ、んんんんんん!」

美千代は肉棹を頬張ったまま、激しく呻き、さらには、自分から顔を打ち振って、ストロークする。

泡立つ愛蜜がすくいだされて、とろっとしたたり落ちている。

敏雄が指の抜き差しのピッチをあげると、美千代の様子が逼迫してきた。

ついには、肉棹を吐き出して、

「あんっ、あんっ、あっ……ちょうだい。先生のこれが欲しい。カチンカチンのおチ×チンが欲しい……！」

せがんできた。

敏雄も挿入したくてたまらなくなっていた。

美千代は男にこの女を貫きたい、そして、ひぃひぃとよがらせたいと思わせる女だった。

敏雄は美千代をベッドに仰向けに寝かせて、膝をすくいあげた。

濡れた花弁に切っ先を押し当てて、進めていくと、窮屈なとば口がひろがって、亀頭部を招き入れ、敏雄がさらに腰を入れると、ぬるぬるっと奥まですべり込んでいき、

「はうぅぅ……！」

美千代が高々と顎をせりあげる。

上体を立てた敏雄は曲げた膝を上から押さえつけるようにして、ぐいぐいと屹立をめり込ませていく。

「ぁああ、あああうぅぅ……」

美千代は両手を顔の横に置いて、艶かしく喘ぐ。

そして、敏雄が腰をつかうたびに、たわわな胸のふくらみがぶるん、ぶるるんと豪快に波打って、桜色の乳首も揺れる。

グラビアなどでは見たことはあるが、これだけ立派で形のいい乳房に実際にお目にかかるのは初めてだ。

重蔵氏もいい女を見つけたものだ。

容姿にも才覚にも恵まれているが、もっとも素晴らしいのは、この美貌と巨乳を惜しげもなく男に捧げることができるところだ。

両膝を押さえつけ、屈曲位で屹立を押し込んでいくと、美千代は徐々に高まってきたのか、ついには、両手でシーツを掻きむしって、

「ぁああ、あああああ……強いわ。先生、お強い……来て。わたしをぎゅっと抱きしめて」

潤みきって、ぼうとした瞳を向けてくる。

敏雄は膝を離して、女体に覆いかぶさっていく。

肩口から手をまわして、ぎゅっと抱き寄せると、美千代はキスを求めてきた。

敏雄は唇を重ね、舌をからめて、イチモツをえぐり込んでいく。

すると、これがいいのか、美千代は積極的に舌を求めながら、足をM字に開いて、屹立を奥に招き入れて、

「んんっ、んんんっ……」

声をくぐもらせながら、敏雄の腰にまわした足で、敏雄の下半身を引き寄せる。

結合しながら、ぐいぐいと濡れ溝を擦りつけ、貪るようなキスをする。

二人が一体化したような至福を感じながら、敏雄は分身を打ち込んでいく。

あまり強くストロークせずとも、まったりとした粘膜が波打ちながらまとわりついてきて、ひどく具合がいい。

いったん動きを止めると、内部がうごめいて、肉棹を内へ内へと、手繰り寄せようとする。

（ああ、たまらない……！）

敏雄はピストンをやめ、キスもやめて、巨乳に貪りついた。

たっぷりした量感のあるふくらみを揉みしだき、中心の突起を舌で転がし、吸う。

強く吸ったとき、

「やぁあああ……あっ、あっ……！」

美千代はがくんがくんと震える。その瞬間、膣が勃起を締めつけてきて、ぐっと射精欲が高まった。

敏雄は乳房から顔をあげて、汗ばんでいる巨乳をつかみ、揉みしだく。荒々しく揉みながら、圧迫し、その姿勢で強く腰を打ち据えた。

「ぁあああ……あん、あんっ、あんっ……」

美千代が甲高く喘いだ。

打ち据えるたびに、片方の巨乳が豪快に揺れ、それを見ているうちに、敏雄は急速に射精感が高まるのを感じた。

「おおぅ、美千代さん、出そうだよ。出していいか？」

「はい……大丈夫です。欲しい。先生のザーメンが欲しい。浴びせてください。いっぱいのザーメンを浴びせてください」

美千代の言い回しが、敏雄の男心を直撃する。

女性のなかに放つのはいつ以来だろう。

これがオスの本能だと思う。自分は美千代によって、オスの本能を取り戻しつつある。

「あなたのためなら、何だってする。だから、これからもあなたを抱きたい。もちろん、遺言執行人としての仕事はきっちりとする。あなたの要望をすべて叶える。だから、これからも……いいね？」

最後に自分でもびっくりするようなことを言っていた。

「よろしいですよ。わたしも先生のことが好き……だから、これからも抱いてください」

美千代がうれしいことを言う。

口から出まかせかもしれない。だが、こう言ってくれること自体がうれしい。

「ぁああ、出そうだ。いいね、出すよ」

「はい……ください。わたしもイキそう……イッていいですか？」

「いいぞ。イッていいぞ。俺も……」

敏雄は美千代を抱き寄せて、足を伸ばし、しゃくりあげるようにして膣をえぐった。

すると、最大限にふくれあがった怒張がとろとろの粘膜を擦りあげ、奥にまで届いて、その摩擦と圧迫が敏雄を一気に追い込む。

「そうら、美千代さん、そうら……」

最後の力を振り絞って、屹立を連続して叩き込んだ。

「あんぇ、あん、あんっ……ぁああ、あああ、イキそう……イキます……ください。やぁあああああああああぁぁぁぁぁぁ……！」

美千代が大きくのけぞり返って、シーツを鷲づかみにした。

（そうら……おおおぅ！）

駄目押しとばかりに打ち込んだとき、敏雄も至福に押しあげられた。

女体のなかへ射精することの衝撃的な悦びが込みあげてきて、噴出の間、尻が痙攣した。

そして、美千代の体内は執拗に分身にからみつき、最後の一滴まで精液を搾り取ろうとするのだ。

打ち終えて、がっくりと覆いかぶさっていくと、美千代がいい子いい子するように髪を撫でてきた。

# 第六章　未亡人レイプ

## 1

森塚誠治は兄の一周忌の法要を菩提寺で終えて、おときを摂ってから、貴志の運転する車で、今は相続を終えて美千代の家になった邸宅に、向かっていた。

後部座席の隣には、着物の喪服姿の美千代が座っている。

ある魂胆があって、誠治は貴志とともに、兄のものだった家に向かっている。

兄が亡くなって数カ月後に、遺産相続の関係者が集められて、兄・重蔵の遺言状が公開された。

それは、兄から聞いていたとおりに、『すべての遺産は妻・森塚美千代に相続させる』というシンプルなものだった。

もちろん、それは美千代が誠治との情事の証拠を遺産執行人に提出したからこうなったのであり、そのこと自体には何の驚きもなかった。

驚いたのは、本来、四分の一の遺産を受け取ることのできる息子たちが、不服申し立てをしなかったことだ。訊くと、すでに二人は相続放棄を申し出ているという。

そのときは、随分と欲のない息子たちだなと思っただけで、深くは追及しなかった。

だが、少し前に、貴志と酒を呑んだときに、まさかのことが判明した。

じつは、貴志は美千代のハニートラップにかかって、美千代を抱き、それを盗撮され、その映像を奥様に見せますよと脅されて、相続放棄を認めたのだと言う。久司も同じで、美千代のハニートラップにかかって、相続放棄を強制されたらしいのだ。

(あの女……！　猫をかぶりやがって！)

それを聞いた途端に、誠治のなかでめらめらと燃えあがるものがあった。

誠治はかつて自分がハメ撮りした映像を、美千代に送信し、自分のスマホのデータを美千代が見ている前で消した。

だが、実際はそのデータを美千代に送る際に、自分のパソコンにも送ってあり、その映像はパソコンに残っていた。

それを使って、美千代を自分のものにしたかった。

だがこの一年、潰れかけた自分の会社を再興するのに時間を取られて、それどころではなかった。

しかし、結局、その会社も倒産してしまった。

だから、今は時間がある。それに、金も欲しい。

誠治は、貴志と組んで、美千代を凌辱することを考えた。

同時に、やり方次第によっては、美千代から金を引き出すことも可能だという気がした。

貴志にその話を持ちかけると、貴志もよほど騙されたことを恨みに感じていたのだろう、犯罪にしないのなら、乗ってもいいと言った。

もちろん、貴志には自分が兄の遺言に沿って、美千代を抱いたことも教えてあった。

『あんたも抱いたんだからわかっていると思うが、美千代はマゾだからな。レイプすれば悦ぶんだよ』

　そう言ったところ、貴志は、

『俺が盗撮されたのは、あの豪邸でのレイプごっこでしたよ。美千代にこうしたいと誘われてやったら、罠でした。罠だとわかったときから、俺はずっと美千代を恨みつづけていますよ。それに……』

と、つづけて貴志が言ったのは、弟の久司のことだった。

『久司が急に自分で小さな会社を立ち上げるっていうんで、その出資者を調べたら、なんと美千代だったんですよ。しかも、それを仕切っているのが遺言執行人の畠山先生だったんですよ。おかしくないですか?』

　誠治も絶対におかしいと感じた。

　それで先日、久司を締め上げたところ、久司は畠山弁護士と密約をしていた。

美千代が全額を受け取るには、久司が相続放棄を認めるしかない。

だが、それではあまりにも久司が可哀相なので、あとで何らかの方法で遺留分は補塡するからと説得された。

　そして今、会社を立ち上げるに際して、出資という形で遺産の一部をもらっているのだと言った。

それを聞いて、これで美千代をゆすることも、凌辱することも可能だと感じた。貴志と相談して、今日、兄の一周忌の日に敢行することにした。それで、打ち合わせ通りに、美千代を車に乗せて、邸宅に向かっているところだ。

着物の喪服を着て、黒帯をきりりと締め、髪を後ろで結った美千代は、前より艶かしくなった。

肌などはつやつやで、貫禄のようなものもついた気がする。

それは、おそらく久司に抱かれているからだ。

八歳も年下の若い男の精液を吸収して、女性ホルモンがダダ漏れしているからだ。

久司を問い詰めたところ、彼は美千代にはかわいがってもらっているし、度々情を交わしていると言った。

誠治はそれを聞いた途端に、嫉妬の炎がめらめらと燃え立って、ますます美千代を抱きたくなった。

その楚々とした横顔を見ていると、今すぐにでも、抱きたくなる。

滾る心を抑えて、車が邸宅に到着するのを待った。

この前はすでに遺言で兄が決めていることだから、車のなかでもいたぶることができた。しかし、今は無理だ。

やがて、車が邸宅に着いて、三人は家に入る。

リビングで美千代がお茶を淹れてくれた。三人は喪服を着て、ソファに座りながらお茶を飲む。

喉の渇きを癒してから、誠治はスマホを取り出して、一年前に自分がハメ撮りした映像を流し。スマホをテーブルに置いた。

『あん、あんっ、あん……』

美千代の喘ぎ声が聞こえてきて、それがどんな映像なのか気づいたのだろう、美千代がハッとしてそのスマホを消そうとする。

誠治は寸前でスマホをつかんで、頭上に持ちあげる。

「消していなかったのね？」

美千代が怖い顔で言う。

「ああ、もちろん」

「やめてください……止めて……貴志さん、これは違うんです……貴志さん、それを取り上げてください。わたしが騙されて、撮られたものなんです」

美千代が貴志を味方につけようとして言う。

「残念だったな。どうして二人で来たかわかるか？　俺たちは仲間なんだよ。組んだんだ。貴志から、美千代に騙されて盗撮されて、それで相続放棄するように脅されたと聞いたぞ。大した女だよな。男をたぶらかすプロだ。俺もお前にたぶらかされて、兄の会社を辞めさせられた。貴志もそうだ。だから、俺たちは組んだんだよ。お前をこうするために……持っていてくれ」

誠治はスマホを貴志に渡して、美千代をロングソファに押し倒した。

「あっ、やめて……」

抵抗する美千代を馬乗りになって押さえつける。

美千代は足をジタバタさせるので、白足袋が躍り、喪服の裾が乱れて、白い長襦袢がまくれて、太腿までもがあらわになった。

「悪いな、貴志。そのスマホで撮影してくれないか？　新しく撮っておけばいいろいろと使えるだろう」

言うと、貴志が美千代の下半身のほうにまわって、動画機能をオンにして、スマホを乱れた下半身に向ける。

「やめて……お願いです。やめてください……貴志さん、騙したことは謝ります。ああするしかなかったんです。ゴメンなさい。だから、もう許して……お願いします」

美千代が二人の仲を割こうと、切々と訴える。

「泣き落としか？　そんなものはもう通用しないんだよ」

誠治はパン、パンと美千代に往復ビンタをした。

ぐったりした美千代の下半身のほうにまわり、貴志に両手を押さえつけさせる。

そうやって抵抗を奪っておいて、喪服の裾に手を入れて、白い下着を剝くように足先から脱がせた。

それから、喪服と長襦袢の前身頃をはだけて、太腿をあらわにした形で、両膝をすくいあげると、開いて、腹のほうに押しつける。

漆黒の翳りがのぞいて、

「いやぁあああ！」

美千代が悲鳴を噴きあげる。

その口を、貴志が手でふさいだ。

なおも抗って、蹴ろうとする足を押さえつけ、誠治はハの字に開いた太腿の奥に、顔を埋める。

馥郁たる香りを吸い込みながら、深呼吸する。

熟れた女のフェロモン臭がたまらない。

翳りの底で、女の花園がひめやかに、淫らに赤い口をのぞかせていた。

「好き者のオマ×コだな。一年前より、随分といやらしい、好き者のオマ×コになったな。びらびらが分厚くなって、全体がふっくらとしてきた。おいおい、なかのほうがもう濡れているじゃないか。ひょっとして、犯されそうになって、昂奮しちゃってるのか？」

誠治が言葉でなぶると、

「違います。バカなことは言わないで！」

「いつまで、突っ張っていられるかな？」

誠治は狭間を舐めた。

肉びらの間に舌を走らせると、ぬるっとすべっていき、

「んっ、んんん！」

美千代がくぐもった声を洩らした。

「感じているくせにな……そうら、いつまで猫をかぶっていられるかな？」

誠治が狭間をつづけざまに舐めると、

「いや、いやです……やっ……やっ……あっ！」

最後に、美千代は感じている証の喘ぎをこぼした。

「そうら、今のだよ。今のは何だったんだ？　ここか？」

誠治は膝裏をつかんで力を込めて、開いて押さえつけ、あらわになった女陰の上の突起を舐めた。

ゆっくりと上下に舌でなぞり、激しく横に叩く。

それを繰り返していると、徐々に美千代の気配が変わった。

「んんんっ、んんっ……いやです……いやだって言ってるのにぃ……あっ、あん、ぁあああああんん……！」

美千代は最後には女が感じたときの声を洩らして、顎をせりあげる。

一瞬の静寂が部屋に満ち、淫蕩な空気へと変わった。

（よしよし、それでいい。これが、森塚美千代の正体だ）

誠治はクリトリスを上下左右に舐め転がし、吸った。

断続的に吸うと、下腹部も持ちあがってくる。

離すと、腰がソファに落ちる。

舐めやすくするために腰を持ちあげて、上を向いた花園をしゃぶりまわした淫蜜でぐちゃぐちゃになったそこを舐めしゃぶり、膣口に丸めた舌先を突っ込んで往復させ、さらに、肉芽を舐めて吸った。

「ぁあぁ、あああうぅぅ……ぁあああああ」

美千代はもう自分が誰に何をされているのか、忘れてしまったかのように、艶かしく喘ぐ。自分の顔のすぐ横で、白足袋に包まれた足の親指が反りかえっている。

その頃には、もうイチモツは力を漲らせて、ズボンを突きあげていた。

貴志に美千代を押さえつけさせておいて、自分は喪服のスーツの上下を脱ぎ、ブリーフもおろした。

おろしたはなから、ぐんと上を向き、臍を打たんばかりにそそりたつマラを誇らしく感じた。

本当はしゃぶらせたいのだが、それはあとでいい。今はとにかく挿入して、一気に仕留めることだ。

膝裏をつかんで足をすくいあげ、あらわになった花芯に亀頭部を押しつけた。

「い、いやぁああ！」

悲鳴をあげて、逃れようとする美千代を、貴志が必死に押さえつけている。

一発ぶってやれば、簡単におとなしくなるのに、貴志はおそらく女をぶてない男なのだろう。

誠治は足を押さえつけておいて、いきりたちを沼地に押しつける。

すでにそこはぬるっ、ぬるっとすべって、その濡れ具合が美千代の持つ生来の淫蕩さを感じさせて、誠治は高まる。

切っ先で窪みをさぐった。

わずかに落ち込む場所にさらに力を込めると、ぐぐっと押しひろげていく感触が、途中からぬめりに落ち込んでいく感触に変わって、

「ぁあうぅぅ……!」

美千代が凄艶に喘いだ。

犯される女の、無理やりイチモツを体内に突き入れられたときのこの苦痛の表情がたまらない。

誠治はがむしゃらに腰をつかう。

この一年の間、どれだけ我慢してきたことか。それがようやく叶ったのだ。

しかも、相手は今や完全な金持ちの未亡人。

金も美貌も備えたこの女を、放っておいては勿体ない。

最初に兄の遺言に従って、美千代を抱いたときもそう思った。この女を自分の

ものにしたいと。

期間は空いてしまったが、これからだ。これから、美千代を自分のものにする。久司ごときのやさ男に、美千代は貢いでいるのだ。

あんな男よりも自分がいいに決まっている。それをまずは身体でわからせてやるのだ。

誠治はまずはゆったりと突く。

たとえレイプでも、女を感じさせたい。女が反応しないレイプなど、人形を相手にしているようでまったくつまらない。

「いや、いや……貴志さん、やめてください。貴志さんはこんなことをする人じゃありません」

美千代が首を振って、貴志に訴える。

貴志が押さえつけながら、喪服の衿元から手を差し入れて、乳房を揉みはじめていた。

美千代が二人の仲を割こうとしていることは明白だった。それをふせぐために、誠治は一転して強いストロークに切り換えた。

膝裏をぎゅっとつかんで、体重をかけた打ち込みをつづける。

ギンとしたイチモツが窮屈な肉の道を幾度となくこじ開けていって、奥まで届いて、

「あんっ……いやです……やめて……いやいや……ぁあん、あんっ、あんっ、あんっ……」

美千代は途中から女の声をあげて、顎をせりあげながら、ソファの端をつかんだ。

総革のソファの上で喪服姿の美千代の身体が揺れ、白足袋に包まれた親指がぎゅうと外に反り、内側に折れ曲がる。

いやいやをするように、さかんに首を左右に振る。

喪服のなかの乳房を揉みしだかれて、美千代はほの白い喉元をさらして、必死にこらえている。

その姿が、誠治のサディズムに火を点けた。

「貴志、しゃぶらせていいぞ。無理やり咥えさせてやりなよ。二人がかりでされたほうが、美千代は悦ぶから」

けしかけると、貴志はうなずいて、ズボンとブリーフを脱いだ。

（けっこうデカいな……そうだよな。うちの一族はチ×ポがデカい。兄も往時は

デカかったものな）

貴志は美千代の鼻をつまんで、口を開かせ、そこに野太いものを差し込んで、咥えさせた。

美千代に横を向かせて、その口めがけ、ずりゅっ、ずりゅっと太棹を押し込んでいく。

「ぐふっ、ぐふっ……」

美千代は噎せながらも、必死にそれを頬張っている。

これが美千代の本性なのだ。

膣にマラを打ち込まれながら、口でもマラを受け止めて、しゃぶりつく。

下の穴と上の口で、男性器をかわいがる。

あるいは、二つの口を犯される。凌辱される。

そのことに、被虐の悦びを感じてしまうのだろう。

誠治も一気に高まった。

膝裏をつかんで、足を開かせて、ぐいぐいとマラをめり込ませていく。

昂奮で極限までエレクトした分身がよく締まる膣を押し広げていき、奥まで届いて、

「んっ……んっ……んっ……んんんんん！」

美千代は激しく突かれて、喪服越しにでもそれとわかる巨乳を揺らせ、イラマチオされて口腔を凌辱されながらも、くぐもった声を洩らす。

手がソファの表面を掻きむしり、足指が反りかえって、美千代がいかに感じているかがわかる。

そして、貴志は自分でイチモツを美千代の口に叩き込みながらも、その苦しげな表情を動画で撮っている。

美千代がそのスマホを時々、ちらちらと見て、女性特有のカメラ目線を送っているのを発見すると、誠治は昂った。

膝裏をつかんで押し広げ、屹立を打ちおろしながら、途中からしゃくりあげる。

それをつづけていくうちに、美千代の気配がさしせまってきた。

「どうした？　イキそうか……イクんだよな」

強い調子で訊くと、美千代は「はい」とばかりに、頰張りながらうなずいた。

「よし、イカせてやる。貴志も出していいぞ。美千代にごっくんさせてやれよ。悦ぶから」

そう言って、誠治は打ち込みのピッチをあげた。

ぐいっ、ぐいっ、ぐいっとつづけざまに深いところに打ちおろし、なかを捏ねる。

「んっ、んっ、んっ……！」

美千代がさしせまった声を洩らしながらも、必死に勃起にしゃぶりついている。そして、貴志もしゃにむにイチモツを口に叩き込み、往復させている。

「んんんっ、んんんんんっ……！」

「イキそうか？　美千代、イクんだな」

訊くと、美千代は頬張ったまますなずいた。

「よし、イケよ……ただし、しっかりと覚えておきなよ。美千代は二人がかりでレイプされて、気を遣る女だ。忘れるなよ。そうら……イケェ！」

誠治が連続して屹立を叩き込んだとき、

「んんんっ、んんんんっ……うあっ！」

美千代は気を遣ったのだろうか、のけぞりながら呻き、その喉めがけて貴志が白濁液を放っているのがわかった。

## 2

美千代を夫婦の寝室に連れていき、帯を解き、長襦袢姿に剥いた。

白い長襦袢をもろ肌脱ぎにさせると、誠治は持ってきたバッグから、赤いロープを取り出した。

肌にやさしい綿ロープで真っ赤に染められている。

誠治は以前にＳＭクラブに通っていたことがあり、そのときに購入しておいたもので、長いロープを二重にして、使いやすくしてある。

それを見た途端に、美千代の顔に驚愕の色が走った。

「縄で縛られたことはないのか？　あるだろう。そうか……こういう本格的な縛りははじめてってことだな。おら、両手を背中にまわして、右手で左手首を握れ」

そう命じて、強引に腕を背中にねじり上げた。

手首を合わせて、ロープで縛り、その余っている縄を前にまわし、胸のふくらみの上下に二回まわして、後ろでぎゅっと縄止めする。

正面にまわると、美千代のロケット乳の裾野の上下に赤いロープが食い込んで、巨乳がいっそう絞りだされている。

黒髪はほどかれて、乱れ髪が顔にかかり、赤いロープでくびれだされた乳房と腰から下にまとわりつく白い長襦袢がたまらなく被虐美をかきたてている。

「貴志、このシーンを撮っておいてくれよ」

そう言って、誠治はふたたび背後にまわり、巨乳を鷲づかみにして、荒々しく揉みしだいた。

圧倒的なふくらみを揉み抜き、乳首をつまんだ。くりくりと転がしていると、それが一気に硬くせりだしてきて、

「んっ……あっ……ぁあうぅぅ、やめて……許してください……はうぅぅ」

美千代はそう言いながらも、腰を折り、突き出した尻を誠治の股間に擦りつけてくる。

その光景を、貴志が目をギラギラさせて、スホマで撮影している。

「いやらしくケツを振りやがって……しょうがねえ女だな」

乳房を揉みしだき、乳首を捏ねると、美千代は全身の力が抜けたように、身を預けてくる。

（これなら、イケるんじゃないか……）

美千代をベッドに這わせた。

両手を後手にくくられているから、美千代は肩と顔と両膝で体重を支えている。

誠治が白い長襦袢をまくりあげると、むっちりとしたヒップがあらわになって、

「ぁああ、見ないでください……いや、いや……」

美千代が羞恥を見せて、双臀を引き締めた。

「心にもないことを言って……本当は見てほしいくせによ。貴志、これからすることをばっちり撮っておいてくれよ」

そう言って、誠治はバッグからローションを取り出し、自分は人差し指に指サックを嵌める。

ローションを尻たぶの谷間にたらっと垂らして、粘液をアヌスに塗り込んでいく。

幾重もの皺を集めたアヌスはいっさいの隆起や変形のない見事な菊の花で、そこにローションを塗り付けると、ひくひくっとうごめいて、

「ぁああ……いやです。そこはいや……許して。お願い、そこはいやです……」

美千代が尻を逃がそうとするのを、貴志が腰をつかんで動きを封じる。

「欲しそうにひくついているな……指を入れるぞ。力を抜いて……」

「い、いやです……やめて……あっ、ひぃーっ！」

美千代がぐっと奥歯を噛んだ。

指サックに包まれた人差し指が窄まりをわずかに割って、先が第一関節までめり込んだのだ。

「さあ、入りかけたぞ。力を抜け……力んだら、苦しくなるぞ……そうら、力を抜いて……深呼吸して」

美千代が深い呼吸をする。息を吐いて、吸い込むときを見計らって、力を込めると、人差し指がぬるぬるっとアヌスに嵌まり込んでいって、

「あううぅ……！」

美千代がシーツを鷲づかみにした。

「そうら、入ったぞ。指がずっぽり埋まった……すごいな。入口がぎゅうぎゅう締めつけてくる……おいおい、なかがぐにゅぐにゅしているぞ。これは何だ？内臓の粘膜か？」

人差し指を回転させると、肉襞のような粘膜のようなものがまとわりついてき

て、

「ぁああ……許してください……いや、いや、出てしまう」

美千代が訴えてくる。

「何が出るんだ？　ひり出してもいいんだぞ。お前が洩らすところを、貴志が動画に撮っているからな。そうら、ひり出せよ」

誠治は第二関節までおさまった指をぐりくぐりとまわす。

回転させながら、抜き差しを加えると、美千代はさっきまでとは違って、尻をくねくねさせて、

「ぁああ、ああうぅぅ……」

気持ち良さそうな声を洩らす。

「うん？　どうした？　ひょっとして感じているのか？　美千代は、尻の穴でも気持ち良くなるのか？　そうなんだな？」

「……知りません」

「やけに強情だな。撮られているからか？」

誠治が指の動きを止めると、しばらくして、美千代が自分から腰を振って、人差し指をアヌスに呑み込み、擦りつけて、

「ぁああ、ああうぅ……」

気持ち良さそうな声を洩らす。

「大したものだな。ここも感じるんだ。マゾだよな、あんた……待てよ。指の代わりに本物をやるからな」

誠治は人差し指を抜いて、指サックを外し、いきりたっているものにスキンをかぶせた。さらに、スキンに包まれた勃起にもローションを塗り込んで、イチモツをアヌスの窄まりに押しあてる。

「い、いや！　本当にいや！　無理です。裂ける！　訴えますよ。性的な暴行を二人に受けたと訴えますよ」

美千代が言って、腰を逃がそうとする。

誠治はここで切り札を出した。

「あんた、貴志の弟の久司とつきあってるよな。今も肉体関係があるよな」

言うと、

「違います……」

美千代が否定した。

「いや、残念だが、これは本人から聞いたことなんだ。それに、あんた久司の実体のない会社に大金の出資をしている。おかしいだろ、何の実体もない会社に。しかも、それを仕切っているのが、遺言執行人の畠山弁護士らしいな。久司から聞いたぞ。あとで何らかの形で遺留分を払うから、財産放棄をしてくれと持ちかけたそうじゃないか。しかもそれをやっているのが、公正であるべき遺言執行人だ。これは大いに問題だよな。貴志と俺はこのことを訴えるつもりだ。裁判所に判断してもらおうじゃないか。だが、お前が俺たちの言うことを聞いているうちは、訴えることはしない。わかったか！」

脅すと、

「わかりました。あなたたちに従います。ですので、久司さんにはもう一切手を出さないと、約束してください。出資のことも目を瞑ってください。お願いします」

美千代が折れた。

勝った、と思った。これで、美千代は自由になるし、金も引き出せる。

「いいでしょう。その代わり、あんたには二人の奴隷になってもらいますよ……ケツの力を抜いて……返事は！」

「はい……」

「お前をケツ奴隷にしてやるからな」

誠治はスキンをかぶせた怒張を、美千代の尻たぶの狭間に押しつけた。突入しようと腰を進めるのだが、ぬるっ、ぬるっとすべって、亀頭部が弾かれてしまう。

(あれだけ指をずっぽりと咥え込んだんだから、挿入できるはずだ)

誠治は尻たぶをひろげておいて、とろっとしたローションにまみれているアヌスの入口をさがした。

切れ目に慎重に先を添えて、力を込める。さっきからどうしても、上へとすべていってしまう。

それをふせごうと、屹立を下に向け、上へと弾かれないように指を上側に添えた。

(頼む、入ってくれ……！)

心のなかで願いながら、注意深く押し込んでいくと、それまでとは違って、切っ先が何か潜り込んでいくような感触があって、

「ぁあうぅぅ……くっ！」

美千代がひくっと尻を痙攣させた。

そのまま、腰を進める。切っ先がとても窮屈なところをこじ開けていき、その難所を突破してぬるぬるっと入り込んでいって、

「ぁあああ……！」

美千代が尻をひくつかせながら、痛切に喘いだ。

（おおぅ、入ったぞ！）

自分の肉棹がほぼ根元までアヌスに埋まり込んでいるのが見えた。

かるくストロークすると、イチモツが入口を押し広げながら行き来して、窄まりが肉棹にからみついて、持ちあがってくる。

そして、美千代は「くうぅ」とつらそうに呻きながら、後手にくくられた手指をジャンケンでもするように開いたり、握ったりする。

（たまらんな、この女……ケツの穴もちゃんと感じる。どこまで、マゾの能力が高いんだ！）

腰をつかんで、じっくりと抜き差しすると、

「ぁあああ、あああ……いや、いや……出ちゃう。出ちゃう」

美千代が訴えてくる。

「出せよ。ひり出せよ。貴志がちゃんと撮ってくれるぞ」

「ぁああ、いや……もう、もう許してください……」

「ダメだ。許さない。お前は今度の遺言騒ぎで、何人の男と寝た？　どうせ、畠山弁護士にも抱かれているんだろう。このインランが！　男を何だと思っているんだ。お前のように男をナメた女は許せない。たっぷりとお仕置きをしないとな……そうら、痛いか？　出せよ！」

誠治は腰をつかみ寄せて、強く打ち込んだ。

「い、痛い！　ぁあああ、ゴメンなさい。許してください……お願いします……ぁあああ、苦しい……あっ、あっ、あんっ！」

怒張しきった肉棹がアヌスの窄まりをうがつたびに、美千代は嬌声をあげ、後手にくくられた手指を握りしめる。

あらわになった上半身には赤いロープが編み込まれ、白絹のような光沢を放つ乳房にもきっちりと食い込み、肌に赤いロープが映える。

まくりあげられた白い長襦袢と赤いロープの色のコントラストが鮮やかだ。

自分はこの女のせいで、兄の会社を追われた。

その恨みを晴らすは、まだまだ足らない。

「貴志、しゃぶらせてやりなよ。もう撮影はいいから」

「そうですね……もうさっきから、ここがギンギンでして」

「そのギンギンで、美千代の喉を突いてやりなよ。ケツの穴と喉をダブルで犯されたら、きっと燃えるぞ。ほら、やってあげなよ」

貴志を煽った。

すると、貴志は嬉々として前にまわり込み、尻をつけて両足を開き、美千代の下に潜り込む。

「ほら、頼みますよ。久司をいじめられたくなかったら、協力するしかないでしょう……やるんだ！」

貴志に言われて、美千代はおずおずと勃起に唇をかぶせていった。

貴志は腰を突きあげて、美千代の口腔を犯し、誠治もアヌスに抜き差しをする。

後手にくくられているところをつかみ寄せて、ぐいぐい突き刺した。

「んんんっ、んんんんっ……！」

美千代はつらそうに呻きながらも、必死に貴志のイチモツを頬張っている。

その唇を、貴志は腰を振って、ずりゅっ、ずりゅっと肉柱で凌辱する。

「おおぅ、たまらんな、美千代は。そうら、どうだ？　気持ちいいか？　いいのかと聞いているんだ」

誠治が訊くと、美千代は頬張ったままこくこくとうなずいた。

3

「いいことを考えた。二穴責めをしよう。二穴責めって、わかるか？　オマ×コとアヌスにチ×ポをずっぽし埋め込むってやつだ」

「面白そうですけど、そんなこと実際にできるんですか？」

貴志が訊いてきた。

「できるさ。昔、やったことがある。貴志はまず前に入れな。そうだな。騎乗位がいいかな……そのあとで、俺がアヌスに埋め込む。できるよな？」

「それなら……」

「じゃあ、頼むぞ」

誠治はいったん結合を外して、美千代を立たせた。

後手にくくられて、ふらつく美千代の正面から乳房をつかんだ。

グレープフルーツのようなたわわすぎる乳房の裾野の上下に赤いロープが走っていて、ふくらみの頂上に桜色の乳首がせりだしている。

ふくらみを揉みしだきながら、先端にしゃぶりついた。明らかに硬くしこっている乳首を舐めまわし、吸うと、

「ぁああ、あうぅぅ……」

美千代は悩ましい喘ぎ声をあげて、身をゆだねてくる。

誠治は乳首を吸いまくりながら、右手をおろし、翳りの底に差し込んだ。ぬるりと嵌まり込んだ二本の指で、なかをかき混ぜる。

膣の内部はとろとろに蕩けていて、肉襞を攪拌すると、

「ぁあああ、あああああ……イキそう……やめてください。わたし、イッちゃいます」

美千代は膝をがくがくさせて言う。

「いいんだぞ。イッていいんだぞ……そうら」

いっそう激しく膣のなかを指で抜き差しすると、

「イク、イク、イキます……うあっ……」

美千代はがくんがくん震えて、凭れかかってくる。

「縛られていると、イクのも早いな」

誠治は美千代の長襦袢を脱がせて、白足袋だけをつけている状態に剝いた。

「ほら、貴志にまたがって、入れろよ。やれよ」

うながすと、美千代は仰臥した貴志の下半身をまたいで、腰を落とす。

だが、両手を後手にくくられているから、勃起を導くことができない。

貴志が自分で屹立をつかんで、ほぼ垂直に立て、そこをめがけて、美千代が腰を沈ませた。

反り返ったイチモツが翳りの底に姿を消して、

「はうぅぅ……！」

美千代が上体を反らした。

それから、すぐに自分から腰を振りはじめた。

さっき、誠治に指でイカされて、もう本物が欲しくてたまらなかったのだろう。

両手を背中で後手にくくられ、二段の胸縄をまわされている状態で、もう我慢できないといった様子で腰を大きく前後に打ち振って、

「ぁああ、ぁあああぁぁ……いいの。いい……貴志さんのおチ×チン、気持ちいい……気持ちいいの……ぁああ、あうぅぅ」

ぐいん、ぐいんと腰をグラインドさせる。

それを見ていて、誠治も胸をかき毟られるような嫉妬を覚え、イチモツがます

ます力を漲らせた。

一度使ったスキンを代えて、新しくし、そこにもローションを塗りたくった。

それから、二人の後ろのほうにまわり、美千代をつながったまま前に屈ませる。

後手にくくられている美千代は静かに前に倒れ、横顔と肩で身体を支える。

後ろから見ると、女の花園に貴志の肉柱がぶっすりと突き刺さり、半分ほど出ているのがわかる。

そして、その上方にさっき開発したばかりのアヌスがひくひくとうごめいていた。

あんなに犯したのに、いまだきれいな小菊のような形状を保っている。

そこにローションを垂らすと、たらっとした半透明の液体がアヌスの少し上から流れ落ち、それをアヌスの窄まりに塗り込んだ。

本体を挿入する前に、指サックをつけた人差し指を押し込んでみた。それは、わずかな抵抗を残したものの、ぬるぬるっとすべり込んでいき、

「はうぅ……！」

美千代が低く呻く。

人差し指を動かすと、なかのとろとろしたものがからみついてきて、下のほう

に太く硬いものを感じる。

(ああ、貴志のペニスか……)

一瞬白けたが、直接触れているわけではないのだからと考え直した。指を回転させると、

「ぁああ、ヒィーッ!」

美千代が身体をこわばらせた。だが、指を回転させながら、ゆるく抜き差しすると、

「ぁああ、あああああうぅぅ」

気持ち良さそうに自分からも腰を揺らせてくる。

「気持ちいいか?」

「はい……気持ちいい」

「欲しいか? ここに俺のぶっといチ×ポを入れてほしいか?」

訊いても、美千代は答えない。

「否定しないところを見ると、欲しいんだな。よし、期待に応えてやる。その代わり、俺たちの要望にも応えてもらう。いいな?」

美千代がこくんとうなずいた。

(よし、よし、いい子だ)

誠治は指を抜いて、代わりに勃起を押しつけた。

すぐ下には、貴志のイチモツが突き刺さっている。

邪魔にならないようにしながら、茶褐色の窄まりを中心に狙いをつけて、慎重に送り込んでいく。すると、さっき道がついたせいか、切っ先がぬるぬるっとすべりながら、肛門括約筋をこじ開けていって、

「はうぅぅ……!」

美千代が身体をこわばらせる。

怒張しきったものが、途中まで嵌まり込んで、その圧迫感がこたえられない。きっと、隔壁の向こうにもうひとつのペニスが嵌まり込んでいるから、その分、狭くなっているのだ。

だが、入れているほうは狭いほうが気持ちいい。

背中に覆いかぶさるように、ゆっくりと腰をつかうと、怒張が肛門括約筋によって締めつけられて、ひどく気持ちいい。しかし、美千代は前と後ろにみっちりと埋め込まれて、苦しいのだろう。

「ぁああ、あうぅぅ……許してください。もう許してください」

てくる。

泣き声で訴えてくる。

「ダメだ。許さない」

誠治がゆっくりと抜き差しをすると、それに合わせて、貴志も下から突きあげてくる。

二人のリズムが合うときがあって、ひどく心地よい。

交互のストロークをつづけていくうちに、明らかに美千代の気配が変わった。

「ぁあああ、あうぅぅ……へんなの。へんなの……お腹がおかしい……ぁあああ、落ちていく。お腹が落ちてく……ぁああ、ぁああああ……」

そう喘いで、後手にくくられた手指を握ったり、開いたりする。

「それが、二穴でイクってことなんだよ。いいぞ、イッて……俺も出すからな。美千代のケツの穴にザーメンをぶっかけてやる。貴志も出してくれるぞ……そうら、イケよ。落ちろ。落ちろよ！」

誠治は最後の力を振り絞って、怒張をアヌスに叩き込んだ。すると、貴志も吼えながら、突きあげてくる。

二つの接する穴を、勃起したペニスが激しく擦りあげていって、

「ぁあああ、あああぁ……イキます。イク、イク、イッちゃう……！」

美千代がさしせまった声をあげた。

「イケよ。そうら、落ちろ！」

誠治がつづけざまに打ち込んだとき、

「イク、イク、イッちゃう……いやぁあああああぁぁぁぁぁ……！」

美千代が絶叫し、次の瞬間、誠治も貴志も熱い男液をしぶかせていた。

がくん、がくんと大きく躍りあがった美千代がずるずると、貴志の腹の上からすべり落ちていき、誠治も後ろでつながったまま、しばらく美千代を抱きしめていた。

＊本作品は書下しです。文中に登場する団体、個人、行為などはすべてフィクションであり、実在のものとは一切関係ありません。

# 未亡人《みぼうじん》 悪夢《あくむ》の遺言書《ゆいごんしょ》

二〇二三年四月十日 初版発行

著者◉霧原一輝【きりはら・かずき】

発行◉マドンナ社
発売◉二見書房 東京都千代田区神田三崎町二-一八-一一
電話 〇三-三五一五-二三一一(代表)
郵便振替 〇〇一七〇-四-二六三九

印刷◉株式会社堀内印刷所 製本◉株式会社村上製本所 落丁・乱丁本はお取替えいたします。定価は、カバーに表示してあります。

ISBN978-4-576-23032-0 ◉Printed in Japan ◉©K.Kirihara 2023